新装版

罠針（わなばり）

南 英男

祥伝社文庫

目次

本書の主な登場人物

城所拓……37歳。元麻酔科医。仕組まれた医療事故で失職。闇の私刑組織リーダー。

須賀亜弓……28歳。東京地検刑事部検事。城所の恋人。

志村一成……29歳。六本木『マスカレード』マスター。元陸上自衛隊員、空手有段者。

深町宗輔……42歳。元東京国税局査察官。遣り手の企業恐喝屋。

イザベラ……24歳。コロンビア人の元娼婦。深町の恋人。

原尚太……31歳。結婚詐欺師。特殊メイクの名人。

小野寺博和……55歳。心臓外科医。東都医大で城所の先輩。善光会総合病院院長。

山室俊夫……東都医大で城所の同期。

水谷公敬……東都医大医師。全日本医師会副会長の息子。

徳岡真幸……50代初め。善光会総合病院理事長。

畑山耕次……40歳近く。自称医療ジャーナリスト。

織笠成芳……善光会総合病院放射線技師。

鴨下貴規……48歳。あかつき養生会病院院長兼理事長。元帝都大病院外科部。

飯塚正太郎……70歳近く。あかつき会会長。

陣内克明……53歳。日東生命常務。

門脇良……45歳。太陽信販社長。鴨下の妹を妻に持つ義弟。

プロローグ

女が呻いた。

淫らな声だった。甘い吐息も洩らした。

城所拓はルームミラーを仰いだ。

後部座席で男女が戯れている。この外車の持ち主と銀座の超高級クラブの売れっ子ホステスだ。

男は、二十五、六歳の女のほっそりとした白い項に唇を這わせていた。五十七歳の実業家である。どことなく脂ぎっていた。

「いやあねえ、社長ったら」

クラブホステスが小声で諌めた。男はにやついて、女性の乳房をまさぐりはじめた。

城所は肩を竦めて、ステアリングを握り直した。黒いジャガーの車内には、香水の匂いが充満している。

七月下旬のある深夜だ。数日前に梅雨が明け、外は蒸し暑かった。

三十七歳の城所は、表向き運転代行業で糊口(ここう)を凌(しの)いでいた。客が少ないときは、白タク営業で生活費を稼(かせ)ぎ出している。まだ独身だ。

やや面長(おもなが)で、造作(ぞうさく)は整っている。知的な顔立ちだが、どこかニヒルだ。怒ったときは、鷹(たか)のような目つきになる。上背(うわぜい)もあった。百七十九センチで、体重は七十一キロだ。

「気が利(き)かないな」

真後ろに坐(すわ)った実業家が唐突に言った。咎(とが)める口調だった。

「はあ?」

「ラジオを点(つ)けてくれ。音消しだ」

「申し訳ありません、気がつきませんで」

城所は詫(わ)びて、手早くカーラジオのスイッチを入れた。

チューナーはAFNに合わせてあった。いまは亡(な)きホイットニー・ヒューストンのヒットナンバーが低く流れてきた。ラブソングだ。

城所は十数分前に銀座六丁目にある有料駐車場で客の英国車のステアリングを握り、港(みなと)区高輪(たかなわ)に向かっていた。少し前に三田(みた)を通過したところだ。

客の実業家は妻子には内緒で、高輪の高級賃貸マンションを借りているらしかった。今夜はお気に入りの若いホステスをプライベートルームに連れ込む気なのだろう。

宝飾店やレストランなどを手広く経営している客は、へべれけに酔っていた。

それでいて、連れの女性を口説くことには熱心だった。リアシートに並んだときからホステスの手を粘っこく握り、何か耳許で囁きつづけていた。

城所は銀座から高輪までの運転代行を三万円で請け負った。相場の料金だった。

運転代行業の労働単価は悪くない。

しかし、横柄な客が多かった。相手の態度に腹を立て、途中で仕事を放り出したことが幾度かある。

それでも、この稼業をやめるつもりはない。人間観察が面白いからだ。

また、派手な顔立ちのホステスが嬌声を零した。城所は反射的にミラーに目をやった。

ジャガーの持ち主は女の喉元に舌を滑らせながら、スカートの奥に片手を潜らせていた。ホステスの顎は大きくのけ反っている。

城所は顔をしかめ、ラジオの音量を上げた。

そのとたん、男の動きが大胆になった。女の息遣いも荒くなる。彼女のブラウスは押し開かれ、片方の乳房が剝き出しになっていた。

砲弾を想わせる隆起だった。男が尖った乳首を吸いはじめる。

「社長、駄目よ。いくら何でも、やりすぎだわ」

ホステスが困惑気味に言った。

しかし、男は意に介さない。パンティーの中に指を進め、秘めやかな場所を弄びはじめた。

たちまち連れの女が息を詰まらせる。なまめかしい喘ぎは、じきに呻きに変わった。

男がふたたびホステスの乳首を口に含んで、右手をリズミカルに動かしはじめた。

女は小声で拒んだが、脚を閉じようとはしなかった。一分も経たないうちに、ホステスは極みに駆け上がった。悦楽の唸りは長かった。

「感度良好だな。こいつは楽しみだ」

男が女の肩を抱き寄せ、満足げに呟いた。

その直後だった。城所は前方左手のビルの屋上から黒っぽい塊が落ちてくるのを見た。目を凝らす。なんと人間だった。

城所は視力がよかった。両眼とも一・五で、しかも動体視力が優れていた。

歩道に叩きつけられた五十年配の男の体はバウンドし、車道に転がり落ちた。二十メートルと離れていない。

城所は慌ててブレーキペダルを強く踏みつけた。

タイヤが軋む。体が前にのめったが、人間を轢いた衝撃は伝わってこなかった。

後ろの二人が悲鳴をあげ、前のめりになった。

「おい、危ないじゃないかっ」

客の男が怒鳴(どな)った。

「すみません！　ビルの屋上から男が落ちてきたものですから……」

「なんだって⁉」

「ちょっと様子を見てきます」

城所はジャガーを路肩(ろかた)に寄せ、急いで外に出た。

車道の端(はし)にくの字に横たわった男は、身じろぎもしない。背広姿だったが、靴は履(は)いていなかった。

「しっかりしてください」

城所は倒れている男に近づいた。

返事はなかった。城所は男の顔を覗(のぞ)き込み、思わず声を発しそうになった。

あろうことか、旧知の心臓外科医だった。小野寺博和(おのでらひろかず)という名で、五十五歳だ。

「先生、小野寺先生！」

城所は相手の名を呼びながら、頸動脈(けいどうみゃく)に手を当てた。

脈動は熄(や)んでいた。首が奇妙な形に捩(ねじ)曲がっている。骨が折れていることは間違いない。即死だったのだろう。

なんてことだ。

城所は四年前まで、都内にある公立総合病院の麻酔科医だった。研修医時代に別の公立病院で小野寺には何かと世話になっていた。このまま通り過ぎることはできない。

城所は麻の白い上着の内ポケットからスマートフォンを摑み出し、警察に通報した。電話を切ったとき、ジャガーの後部座席のパワーウインドーが下がった。

「落下してきた男は、もう生きちゃいないんだろう?」

「ええ」

「なら、早く運転席に戻ってくれ」

「身勝手なお願いですが、お連れの方とご一緒にタクシーに乗っていただけませんでしょうか?」

「何を言ってるんだ、きみは!」

雇い主が声を荒らげた。

「この男性は、わたしの恩人なんですよ」

「だからって、きみは自分の仕事を放棄するのかっ。無責任だぞ」

「返す言葉がありません。ですが、このまま仕事をする気にはなれません。わがままを言いますが、どうかわかってください。もちろん、お車は後で所定の場所まで運びます」

城所は言った。

「もう少しじゃないか。先に仕事を済ませてくれ」

「申し訳ありませんが、ここでわたしを解放してください」

「なんて奴なんだっ。わかった、自分で運転する！」

「まだ酔いが醒めていないようですので、運転は控えたほうがよろしいかと思います」

「うるさい！　きみの指図は受けないっ」

男はいったん車を降り、せっかちに運転席に移った。

城所は長嘆息して、ガードレールに身を寄せた。

ジャガーが急発進する。

城所は尾灯を見ながら、セブンスターに火を点けた。少し経つと、尾灯は視界から消えた。

煙草を喫っていると、研修医時代の思い出が次々に蘇ってきた。

東都医大で学んだ城所は、都内にある公立総合病院の研修医になった。その病院に、同じ医大出身の小野寺がいたのだ。面倒見のいい先輩だった。

当時、外科次長だった小野寺は貧乏をしている研修医たちにちょくちょく食事や酒を奢ってくれた。酔いが回ると、先輩はいくらか照れた顔で、医は仁術だと繰り返した。そのときのことは、いまも鮮明に憶えている。

城所は一人前の麻酔科医になると、別の大きな公立総合病院の勤務医になった。最初の数年は、無我夢中で働いた。

そのうち、院内に二つの派閥があることを知った。城所は両派と距離を置き、どちらか一方に与することはなかった。出世欲がなかったからか、権力争いには嫌悪感しか覚えない。

そんなある日、医療事故が起こった。

六歳の男児のヘルニア手術のため、城所は患者に全身麻酔をかけることになった。吸入麻酔薬のイソフルランと酸素を送り込み、リドカインを静脈注射した。

麻酔が患者の全身に回ったのを確かめてから、城所は若い研修医に気管内挿管をさせた。

数分が過ぎたころ、幼児の酸素飽和度が急激に低下してチアノーゼが出はじめた。患者には気管支喘息の既往があった。

放置したら、心肺の停止を招きかねない。

城所は蒼ざめ、喉頭鏡で気管内のチューブの位置を確かめてみた。すると、食道挿管になっていた。

城所はすぐさまチューブを除去し、バッグマスク換気による気道確保を試みた。酸素飽和度は徐々に上昇し、心電図の波形も安定した。

城所は自分の目で、研修医がチューブを患者の気管内に収めたのを確認済みだった。それが、なぜ食道に挿管されていたのか。謎だった。誰かが自分の目を盗んで、故意に挿し替えた疑いが濃い。

城所は術後、研修医を問い詰めた。と、相手は先輩の麻酔科医に頼まれて、わざとチューブを食道に挿入したことを白状した。

城所は自分を陥れようとした先輩を詰った。

相手はシラを切った。だが、その表情から後ろめたさが感じ取れた。城所は逆上し、先輩の麻酔科医をさんざん殴打した。

顔面を血で染めた相手は、ようやく意図的に医療事故を起こしたことを認めた。先輩は医療事故の弱みにつけ込んで、城所を自分が属している派閥に取り込む気でいたようだ。

城所は先輩の卑劣さに憤りを覚え、病院の階段から蹴落とした。相手は全治二カ月の大怪我を負った。

城所は駆けつけた警官たちに傷害の容疑で緊急逮捕された。

彼は素直に自分の罪を認めた。起訴され、懲役二年の刑を言い渡された。

城所は、あえて控訴をしなかった。理由はどうあれ、麻酔科医の自分の不注意で患者の少年に軽い後遺症を与えてしまったことは弁解の余地がない。そんな気持ちがあって、刑務所で罪を償うことを望んだのだ。

城所は身柄を東京拘置所から府中刑務所に移され、服役生活に入った。刑が軽減され、仮出所したのは一年三カ月後だった。

医師の場合は弁護士と違って、犯歴があっても法的には資格を失うことはない。しかし、実際には医業に復帰することは困難だ。雇う側がためらうことが少なくないからである。

そんなことで、城所は雑多なアルバイトをした後、二年半ほど前に現在の稼業に就いたわけだ。

彼は医学生のころから大の車好きで、A級ライセンスと二種免許を持っていた。趣味を活かして運転代行業に携わったのだが、それは表の顔に過ぎない。

城所の素顔は、闇の私刑組織のリーダーだった。彼は交際中の現職検事や三人の刑務所仲間と力を合わせて、救いようのない極悪人どもを私的に裁いている。これまでに十数人の犯罪者を密かに断罪してきた。

ある者は植物状態になり、ある者は硫酸クロムで白骨体になった。海底で永遠の眠りについた者もいる。

城所たち五人は、青臭い正義感に燃える裁き屋ではない。

冷血な卑劣漢からは平然と巨額を脅し取り、その罪の重さによっては非情に葬ってしまう。メンバーの悪人狩りの動機はそれぞれ微妙に異なっているが、揃って法網を巧みに潜り抜けている狡猾な人間を憎んでいた。

組織名は特に決まっていなかった。正式な本部もない。後ろ楯もなかった。アナーキーな私的チームだ。

城所は短くなった煙草を足許(あしもと)に落とし、火を踏み消した。そのとき、遠くからパトカーのけたたましいサイレンが響いてきた。

城所は遺体のかたわらに屈(かが)み込んで、改めて合掌(がっしょう)した。

小野寺はきわめて責任感が強かった。家族や患者たちを遺(のこ)して、自殺するとは考えにくい。自殺に見せかけた他殺だろう。

夜気は熱を孕(はら)んでいたが、城所はかすかな寒気を感じた。そのくせ、頭の芯(しん)は火照(ほて)っていた。

第一章　五人の処刑人

1

警察官の顔つきが変わった。

通報者に前科歴があることを知ったのだろう。機動捜査隊員は少し前、ノート型パソコンの端末をいじっていた。

城所は、覆面パトカーから離れた警視庁機動捜査隊の隊員を見据えた。四十五、六歳の体格のいい男だった。

立ち止まるなり、隊員が言った。

「おたく、前科しょってるね」

「それが何だって言うんです」

「そんな怖い顔をするなよ。ただ、意外な気がしたんで……」

「別に怒ってはいません。それより、事件性はあるんですか？」

城所は訊(き)いた。

「いや、覚悟の飛び降り自殺だろうね。屋上に、死んだ男の靴がきちんと脱ぎ揃(そろ)えてあったから」

「遺書は？」

「なかった。発作的に命を絶つ気になったんだろうな。それはそうと、ちょっと気になることがあるんだ」

「気になること？」

「そう。複数の目撃者の話によると、おたく、遺体のそばで合掌(がっしょう)してたそうだね。死んだ小野寺という男とは、本当に一面識もなかったの？」

係官が疑わしそうな眼差(まなざ)しを向けてきた。

「ええ」

「ふつうは赤の他人が死んでも合掌なんかしないだろう」

「亡くなった方は、わたしが運転してた車のすぐ前に落ちたんです。何かの巡り合わせだと感じたんですよ。それで、合掌したわけです」

「そうだったのか。優しいんだね。そんなおたくが、なんで傷害事件なんか引き起こしたの？」

「何が言いたいんです？」

城所は相手を睨みつけた。

「別段、他意はないよ」

「もう帰らせてもらってもいいでしょ？」

「結構ですよ。どうもご苦労さん！」

隊員が頭を軽く下げ、到着したばかりの高輪署の署員たちに歩み寄った。

いつの間にか、小野寺の遺体の周りには夥しい数の野次馬が群れていた。亡骸には、ブルーシートが掛けてある。

城所は車道の反対側に渡り、通りかかったタクシーを拾った。

自宅マンションは港区の麻布十番にある。しかし、まっすぐ帰宅する気にはなれなかった。

城所はタクシーを六本木に向かわせた。六本木の裏通りに、私刑組織のメンバーたちの溜まり場があった。

『マスカレード』というカウンターバーだ。表向きの経営者の志村一成は二十九歳で、極真空手の有段者である。上背があり、体軀は逞しい。

志村は二十五歳のときに陸上自衛隊を辞め、その後は大麻の密売と銃の密造で生計を立てていた。しかし、三年半近く前に麻薬取締法違反で逮捕され、府中刑務所に送り込まれる羽目になったのだ。

志村は店の二階に住んでいる。独身だ。夜ごと若い男女をとっかえひっかえ、時には一緒にベッドに誘い込んでいた。

元自衛官は両刀遣いだった。頭はドレッドヘアだ。いつもラッパーのような恰好をしている。
十五、六分で、目的の店に着いた。
タクシーはすぐに走り去った。午前一時を回っていた。『マスカレード』の軒灯は消えている。一般の客はいないというサインだ。

城所は店の木製の扉を開けた。

カウンターのほぼ真ん中に腰を落としている深町宗輔が振り向き、哲学者のような深遠な顔に笑みをたたえた。四十二歳の深町は、元東京国税局の査察官だ。

三年数カ月前、彼は悪質な大口脱税者を脅して約二億円をせしめた。事業に失敗して一家心中に追い込まれそうになった姉の家族を救うため、つい魔が差したのだ。

深町は恐喝罪で収監の身となり、結局、姉の家族は離散してしまった。いま彼は経営コンサルタントと自称しているが、その素顔は遣り手の企業恐喝屋だ。

城所は深町の右隣に腰かけた。

マスターの志村が酒棚から城所のキープボトルを摑み上げた。バランタインの十七年物だった。スコッチウイスキーである。

「景気はどうです？」

深町がハンドルを操る真似をした。

「あまりよくないな」

「それは困りましたねえ」

「深さん、そういう遜った喋り方はやめてくれませんか。こっちより五つも年上なんですから」

「しかし、城所の大将は頼もしい存在ですんでね。ぞんざいな口はきけません」

「昔のことで妙な恩義を感じてるんだとしたら、ありがた迷惑だな」

城所はそう言い、セブンスターをくわえた。すかさず志村が、ジッポゥのライターを鳴らす。

服役中、深町は陰険な刑務官に徹底的にいじめ抜かれた。大出吉輝という名の刑務官は、深町と同い年の独身男だった。性格がよくない。

大出は暴力団に関わりのある受刑者に対しては、決して理不尽なことは要求しなかった。

しかし、堅気の服役者には常に難癖をつけた。ことに大出はインテリが嫌いだった。

深町は就寝前の自由時間には、いつも哲学書を読んでいた。それが気に入らなかったらしく、ある日、大出は勝手に深町の哲学書を捨ててしまった。

当然のことだが、深町は抗議した。すると、大出は深町を独居（懲罰）房に移し、さまざまな厭がらせをした。

暴れたわけでもないのに、深町に革の拘束衣を着せて食事のときは犬喰いを強いた。小便も垂れ流しにさせた。城所は義憤に駆られ、大出の上司に直訴した。

深町は雑居房に戻され、大出は配置替えになった。

そのときから、大出の陰湿な報復がはじまった。深町は木工室から刃物を盗み出したと濡衣を着せられ、脱走を図りかけたことにもされた。

そのつど彼は独居房に閉じ込められ、地獄の苦しみを味わわされた。城所は、ふたたび大出の上司に訴えた。

大出は上司には素直に謝ったが、反省したわけではなかった。次の日から若い看守たちを使って、またもや報復を繰り返した。

標的は深町だけではなくなった。同じ房の城所、志村、原尚太もいびられるようになった。原は元ファッションモデルの結婚詐欺師である。

大出に嬲られつづけた四人は出所後、一堂に会した。大出に復讐するためだった。相談の結果、四人は大出を密かに抹殺することにした。

結婚詐欺を重ねてきた三十一歳の原は、特殊メイクの名人だ。城所たち四人は特殊メイクで揃って顔を変え、ある夜、大出を拉致した。大出を奥多摩の山中に連れ込み、大木の枝に吊るして鮟鱇のように皮を剝いだ。それだけではなかった。両耳を削ぎ落とし、両方の眼球も抉り取った。ペニスも切断した。その後、死体を硫酸クロムの液槽に投げ込んだ。わずか数十分で、大出は骨だけになった。

四人は骨をハンマーで砕き、土中に埋めた。もちろん全員、外科手術用のゴム手袋を嵌めていた。前科者が犯行現場に指紋を遺すわけにはいかない。その闇の抹殺がきっかけで、城所たちは誰が言うともなく私刑組織を結成することになったのだ。

指先が熱くなった。

城所は短くなった煙草の火を慌てて揉み消した。目の前には、スコッチの水割りが置いてあった。

城所はグラスを目の高さまで掲げた。深町もバーボン・ロックのグラスを宙に浮かせた。

「その後、イザベラちゃんの具合はどうなの？」

志村が銀ラメ入りの黒いTシャツの袖口を肩まで捲り上げながら、深町に話しかけた。

「相変わらず、元気は元気だよ。しかし、突然、死の影に怯えたりするんだ。そんなときは、つくづく自分が無力だと思う」

「けど、深さんは偉いですよ。彼女が難病に罹ってるとわかっても、逃げ出したりしなかったんだから」

「当たり前のことをしてるだけだよ」

深町が微苦笑し、メビウスワンを口にくわえた。

彼は新宿区下落合の借家で、元娼婦のコロンビア人女性と同棲していた。イザベラは二十四歳だった。

「病状が重くなったら、入院させたほうがいいですね」

城所は深町に言って、ウイスキーの水割りを呷った。

「もちろん、そうしてやります。しかし、イザベラは最期まで病院に入りたがらないかもしれません。特効薬が出れば、話は別ですが……」

「そう遠くない将来、必ずスーパークラスの特効薬が生まれるでしょう」

「わたしも、それを期待してるのですがね」

深町が哀しげな笑みを浮かべ、一息にグラスを空けた。氷塊が虚ろな音を刻んだ。

「陽気にやろうよ、陽気にさあ」

志村がことさら明るく言って、自分用のビールの栓を抜いた。

そのとき、白い麻のスーツに身を包んだ原尚太が店に入ってきた。背が高く、白人とのハーフめいた顔立ちだ。

「きょうは、どこの女を騙くらかしてきたの？」

志村が茶化した。

「おい、人聞きの悪いこと言うなよ。おれは一度だって、女たちを騙したことなんかないぞ。彼女たちは進んで、おれに金や物を貢いでくれてる。言ってみれば、おれは女たちに夢を与えてる王子様だな」

「ぬけぬけと言うもんだ。あんまり女たちを泣かしてると、そのうちペニスをちょん斬られちゃうよ」

「そいつは困る。こいつはスケコマシの商売道具だからな」

原は自分の股間を指さし、城所の横のスツールに腰かけた。ローションの匂いが少々きつい。

「いいカモ、見つけたのか？」

城所は原に問いかけた。

「ええ、まあ。外資系保険会社の役員秘書をやってる女をです。その女、顔はいいんだけど、高慢でね。ちょうど三十なんですけど、かなり銭を持ってるみたいなんです。おそらく役員の愛人も兼ねてて、せっせとお手当を貯め込んできたんでしょう」

「その預金をそっくりいただくつもりだな。悪い野郎だ」

「いいじゃないですか。おれは真面目な女を悲しませてるわけじゃないんだから。狙ってるのは、自分の美貌と知性を鼻にかけてるような厭な女ばかりです」

「それでも、女から金を騙し取るのは感心しないな」

「わかってますよ。わかっちゃいるけど、高飛車な女を見ると、つい懲らしめたくなっちゃうんだよね」

　原が弁解し、五本の指で前髪を掻き上げた。

「特殊メイクに本腰を入れりゃ、それで充分に喰えるだろうが？」

「多分ね。でも、特殊メイクの仕事を職業にしたら、退屈しちゃうと思うな。当分、ジゴロ路線でいきますよ」

「ジゴロじゃなく、詐欺師だろ？」

　城所は雑ぜ返して、一杯目の水割りを飲み干した。志村が手早く二杯目をこしらえ、誰にともなく言った。

「そろそろチームプレイを愉しみたいね」

「そうだな」

　深町が即座に応じた。原が同調する。

「どこかに鉄槌を下せるような極悪人はいないんですか？」

　マスターの志村が原のオールドパーのキャップを緩めながら、城所に顔を向けてきた。

　城所は少し迷ってから、三人の仲間に小野寺のことを話した。口を結ぶと、深町が真っ先に声を発した。

「リーダーは、その小野寺というドクターが殺されたと考えてるんですね？」

「おそらく、そうなんだろうな。小野寺さんが発作的に飛び降り自殺をしたとは思えないんですよ。小野寺さんは人一倍、責任感が強かったんだ」

「そうなら、遺書の一通ぐらいは……」

「もしかしたら、自宅に遺書があるのかもしれないが、どうも小野寺さんの死に引っかかるものがあってね」

「そうですか」

「少し調べてみるつもりです。小野寺さんが自殺に見せかけて殺されたんだったら、犯人を私的に裁く」

城所は言って、また煙草をくわえた。

四人は刑務所時代の思い出話を肴に、おのおののグラスを重ねた。店に二十二、三歳の茶髪の女性が入ってきたのは午前二時過ぎだった。

「お客さん、看板にさせてもらってもいいですか？」

志村がにやついて、よそよそしく仲間に言った。

城所たち三人は腰を上げた。茶髪の女性は、しきりにすまながった。志村は今夜、彼女を抱くつもりなのだろう。

店を出ると、原が小声で言った。

「一成の奴、同性とも異性ともナニしてます。あいつ、本当に欲張りだな」

「なんか羨ましげに聞こえるぞ」

「冗談言わないでくださいよ。こちらは女一本槍です」

「だよな。ところで、目黒の自宅マンションに帰るのか？」

「あそこは、おれの物置きですよ。誰か女のとこに泊めてもらいます」

「そうして毎晩、女たちの家を泊まり歩いてる原ちゃんも、変わってるぞ」

城所は結婚詐欺師をからかった。

原が欧米人のようにオーバーに肩を竦め、路上に駐めたグレイのメルセデス・ベンツに乗り込んだ。カーマニアの彼は詐欺や裏稼業で稼いだ金で、一年ごとに高級車を買い替えていた。服装にも金をかけている。

その代わり、住まいには頓着しなかった。半ば朽ちかけたワンルームマンションに住んでいる。もっとも女性と外泊することが多く、めったに自分の塒には戻っていない。

ベンツが遠ざかると、深町が言った。

「大将、家まで車で送りますよ」

「気遣いなく！　涼みがてら、歩いて帰ります」

城所は遠慮した。

深町が片手を挙げ、自分の車に足を向けた。白いクラウンだった。

城所はゆっくりと歩きはじめた。いくらか暑さは和らいでいた。微風もあった。飲酒運転をすることになるが、法律やモラルはたいてい無視している。

十数分で、自宅マンションに着いた。

八階建ての賃貸マンションだ。城所は八〇五号室を借りている。間取りは1LDKだった。

実家は国立市内にあるが、出所後は一度も帰っていない。父は内科の開業医である。三つ下の妹は歯科医だ。未婚で、両親と一緒に暮らしている。

城所はエレベーターで最上階に上がった。

自分の部屋は明るかった。須賀亜弓が合鍵で部屋に入ったらしい。

二十八歳の亜弓は、東京地検刑事部の美人検事である。しかし、堅い印象は与えない。気品がありながら、大人の色気も兼ね備えていた。ファッションセンスも悪くない。

亜弓の亡父は、さる大物国会議員の公設第一秘書を務めていた。大掛かりな疑獄事件で議員が捜査機関に摘発されると、彼女の父親は雇い主の罪を引っ被り、東京拘置所で自殺した。

亜弓が高校二年生のときだった。父の書斎には、身の潔白を綴った日記が遺されていた。亜弓は母親とともに、大物国会議員の私邸を訪ねた。ひと言、詫びてほしかったからだ。

だが、議員は謝罪するどころか、亜弓の父が自分の名誉を傷つけたと罵る始末だった。亜弓は犬死した父親を憐れに思い、猛勉強して検事になった。

しかし、わずか数年で辛い現実を思い知らされた。検察は必ずしも正義の味方ではなかった。

政府に人事権を握られている検察は、政治家など政府高官や有力な財界人の罪を徹底的に糾弾しきれない。政府筋からの圧力には抗しがたかった。

亜弓は、法では裁けない巨悪が存在することを覚った。そうした苦い体験があったので、彼女は城所の仲間に加わる気になったにちがいない。

二人の出会いは、ちょうど二年前だった。

その夜、城所は三人のやくざっぽい男に拉致されかけている亜弓を見かけた。とっさに彼は大声を張り上げた。

その声に暴漢たちは怯み、車で逃げ去った。亜弓は検事であることを明かし、三人組は自分が起訴した暴力団の大幹部の舎弟たちであることも話した。

その場で別れた二人は偶然、半月後に同じ電車に乗り合わせた。それが縁で、個人的な交際を重ねるようになったのだ。二人が特別な関係になったのは、知り合って数カ月後だった。

初めて亜弓を抱いた晩、城所は自分に犯歴があることを打ち明けた。
さすがに亜弓は驚いた様子だったが、城所の許（もと）から去るようなことはなかった。二人は静かに愛情を紡（つむ）いできた。

城所は折を見て、私的な裁きのことを亜弓に話した。亜弓は数日考えてから、仲間に加わりたいと申し出た。その日のうちに、城所は亜弓を深町たち三人に引き合わせた。それ以来、亜弓は行動を共にしている。

ただし、彼女は平等に分けた金を私物化することはなかった。分け前は匿名（とくめい）で、そのつどアフリカやアジアの恵まれない子供たちに寄附していた。

城所と深町は分け前の半分を吐き出し、チームの活動資金に充（あ）てていた。『マスカレード』の月々の赤字分は、その金で補っていた。

志村と原は、分け前をそっくり懐（ふところ）に入れている。といっても、志村の場合は友人が主宰している小劇団にだいぶカンパしているようだ。

城所はノブに手を掛けた。

ロックされていた。キーを取り出したとき、スチールのドアが内側から開けられた。

「どこで浮気してたの？」

亜弓が笑顔で冗談を言った。

砂色のスーツで、均斉（きんせい）のとれた体を包んでいる。きょうも息を呑（の）むほど美しい。

黒曜石のような瞳は、いつものように強い光をたたえている。睫毛が驚くほど長い。

「いつ来たんだい？」

「二時間ぐらい前よ。職場で事件調書を読んでたら、なぜだか急にあなたに会いたくなっちゃったの。それで、不法侵入したのよ」

「スペアキーを渡してあるんだから、不法侵入にはならないだろう？」

「あっ、そうね。食事は？」

「喰ったよ。汗塗れなんだ。先にシャワーを浴びてる」

城所はブルックス・ブラザーズの茶色いローファーを脱ぐと、浴室に直行した。

手早く裸になり、頭から熱めのシャワーを浴びる。城所は頭髪を洗い、全身にボディーソープを塗りたくった。

ちょうどそのとき、全裸の亜弓が浴室に入ってきた。

乳房はたわわに実り、ウエストはぐっとくびれている。腰は豊かだった。逆三角形に繁った飾り毛は、艶やかに輝いていた。ほどよく肉の付いた腿は形がよかった。肌理が細やかで、透けるように白い。

城所は手にしていたシャワーヘッドをフックに掛け、亜弓を抱き寄せた。

亜弓は身長百六十三センチだった。だが、もっと背が高く見える。スタイルがいいからかもしれない。

亜弓が軽く瞼を閉じた。城所は背を丸め、唇を重ねた。二人は唇を幾度かついばみ合ってから、深く舌を絡めた。

城所はディープキスを交わしながら、泡塗れの体をそよがせはじめた。

チークダンスの要領だった。ほどなく亜弓の乳首が硬く張りつめた。

城所は亜弓の体の線を両手でなぞり、引き締まったヒップを揉む。

弾みが強かった。まるでラバーボールだ。

城所は亜弓の舌を吸いつけながら、指をベーシストのように躍らせはじめた。

ベッドで本格的に睦み合う前に、亜弓を頂に押し上げたい。亜弓の愛撫にも熱がこもった。

城所は亜弓の官能を煽りつづけた。

2

弔い客は疎らだった。

仮通夜のせいだろうか。受付もない。

目黒区碑文谷の邸宅街の一角にある小野寺の自宅は、ひっそりと静まり返っていた。敷地が広く、二階建ての家屋も大きい。

門扉（もんぴ）は開いている。庭木の手入れは行き届いていた。

城所は邸内に足を踏み入れた。

石畳のアプローチを進む。短い石段付きのポーチに、見覚えのある男が立っていた。東都医大の同期生の山室俊夫（やまむろとしお）だった。

「城所じゃないか」

山室が石段を駆け降りてきた。

「しばらくだな。そうか、おまえは心臓外科だったんだな」

「そう。おれは研修終了後も、小野寺先生の下で働いてたんだよ。先生が三年前に請（こ）われて『善光会（ぜんこうかい）』の院長になられるまで、いろいろ指導してもらったんだ」

「小野寺先生は、辞めてたのか」

「おまえ、そんなことも知らなかったの⁉」

「服役中だったからな」

城所は苦笑した。

「そのことは噂（うわさ）で聞いてたよ。全日本医師会の副会長の伜（せがれ）に大怪我を負わせるなんて、愚かすぎる。それで、もう医者としての将来は閉ざされたようなものじゃないか」

「実際、閉ざされてしまったよ」

「いま、何をしてるんだ？」

「運転代行業を細々とやってる。酔っ払いや急に気分が悪くなったドライバーに代わって、ハンドルを握ってるんだ」

「職業に貴賤があるとは思わないが、もったいない話だな。小野寺先生は、よくおまえのことを誉めてたよ。将来、一流の麻酔科医になるってな」

山室が言った。幾分、妬ましげな口調だった。

「おれは医者として失格だよ。最も必要な冷静さを欠いてるからな」

「噂によると、水谷公敬が城所に麻酔ミスを起こさせて、自分が属してた派閥に取り込もうとしたらしいじゃないか」

「昔のことは、もうどうでもいいんだ。おれが水谷に暴力を振るったことは事実だしな」

「おまえが逆上した気持ち、なんとなくわかるよ。水谷は無能なドクターのくせに、父親の威光で大きな顔してたからな。あいつが同じ医大出身だと思うと、なんか恥ずかしいよ。おれたちより三年先輩なだけなのに、同窓会なんかで大先輩ぶってる」

「自分がちっぽけな人間だってことを自覚してるから、逆に大きく見せたいんじゃないか」

城所は言った。

「なるほど、そうなんだろうな。しかし、考えてみれば、水谷も気の毒だね」

「気の毒？」

「ああ。父親が全日本医師会の重鎮だと、心理的なプレッシャーは凄いはずだ。並の努力じゃ、父親を凌ぐことはできないんじゃないか？」

「だろうな。しかし、親と子は人格も価値観も異なるわけだから、何も競争心なんか持つことはないんだ」

「その通りなんだが、医者の子はガキのころから、なんとなく医学の道を進むべきだと刷り込まれてる。ましてや水谷は、ひとりっ子というから、医者にならなければいけないという気持ちにさせられたんだろう。実は、おれもそうだったんだ。城所は、どうだったの？」

　山室が問いかけてきた。

「おれは開業医の親父が自分のペースでのんびり生きてるのを見て、医者になるのも悪くないと思ったんだ」

「そうだったのか」

「そんなことより、小野寺先生のことだが、警察は自殺と断定したのか？」

　城所は声をひそめた。

　と、山室が無言で庭の隅まで歩いた。城所は向き合うなり、早口で確かめた。

「他殺だったんだな？」

「警察はそこまで言わなかったらしいが、その疑いが濃いと先生の奥さんに告げたそうだよ」

「外傷でもあったのか？」

「先生の首筋に、小さな火傷の痕があったらしいんだ」

「スタンガンで昏倒させられて、ビルの屋上から投げ落とされたかもしれないってことなんだな？」

「そうなんだろうね。で、きょうの正午過ぎに大塚の東京都監察医務院で司法解剖が行なわれたそうだ」

「毒物や薬物は？」

「どちらも検出されなかったみたいだよ。ただ、腕と腰に不自然な打撲傷が見られたらしい。落下のときの打ち身とは明らかに違う皮下出血だったそうだ」

山室が言った。

「犯人が小野寺先生の腕を強く握ったり、腰を蹴りつけたのかもしれないな」

「ああ、考えられるね。おれは、小野寺先生は絶対に自殺なんかしないと思うよ」

「自宅や勤務先に遺書は？」

「一通もなかったそうだ。それから、先生は一昨日の夕方、銀座の馴染みのテーラーで秋の背広の仮縫いをしてる。何かで思い詰めて自死を考えてる人間が、そんなことをするだろうか」

「常識では考えられないな」

「きっと先生は誰かに殺されたにちがいないよ」

「小野寺先生は高圧電流銃(スタンガン)か何かの電極を首筋に押し当てられて、一分くらい意識が飛んだのかもしれない」

「いったい誰が先生を殺したんだっ。小野寺先生は、心優しい方だったのに」

「小野寺先生が『善光会』に移った経緯(いきさつ)は？」

「詳(くわ)しいことは知らないが、医療スタッフ専門の人材会社にヘッドハンティングされたようだ」

「確か『善光会』は、新宿区内にある総合病院だったよな？」

城所は確かめた。

「ああ、ベッド数が二百床前後だというから、民間では中規模の総合病院じゃないか」

「小野寺先生がそっちに移ってから、おまえ、先生に何度か会ってたんだろう？」

「年に一、二回は会ってたよ」

「そのとき、何か変化は？」

「特に変わった様子はなかったな。いつものように若い連中を気遣(づか)ってくれて、仁術(じんじゅつ)を忘れた医師にならないでくれって繰り返してた」

「そうか。ところで、『善光会』の理事長は医者じゃないんだろう？」

「ああ。病院経営者は語学学校や高級スポーツクラブなんかを手がけてる徳岡真幸という人物だよ」

「いくつなんだ?」

「五十一、二だったはずだよ。特注のロールスロイスなんか乗り回してる俗物さ。医療専門誌の大口広告主で、記事の体裁をとったパブリシティーをよく載せてる」

「ふうん」

「徳岡理事長は記事広告の中で、自分にとって病院経営は慈善事業と心得てるから、儲ける気はないと強調してた。損をしてでも、現代の赤ひげ先生を数多く育成したいとも言ってたよ。そんなことを人前で言えるのは偽善者だろう。そんな奴に限って、金儲けに励んでるもんさ」

山室が極めつけた。

「あり得るな」

「小野寺先生にも、きっと発破をかけてたんじゃないのかな。もしかしたら、先生と徳岡はそのことで対立してたのかもしれないぞ」

「そうなんだろうか」

「それはそうと、先生は首の骨が折れてたが、顔はそれほど傷ついてない。それが、せめてもの慰めだな」

「実は一一〇番したのは、おれなんだよ」

「ええっ。なぜ、城所が警察に通報することに？」

「仕事で客の外車を運転してたら、人間が降ってきたんだ。それが小野寺先生だったんだよ」

「そうだったのか。城所、先生の顔を見てやってくれないか」

「もちろん！　そのつもりで伺ったんだ」

　城所は山室に導かれ、家の中に入った。

　亡骸は階下の奥の和室に安置されていた。僧侶の姿は見当たらない。縁者らしき男女が五、六人いるだけだ。

　故人の枕許には、黒っぽいワンピースを着た二十三、四歳の女性が正坐していた。目のあたりが小野寺によく似ている。

「枕許にいる女性はお嬢さんか？」

　城所は訊いた。

「ああ。ひとり娘の恵美さんだよ。聖和女子大の大学院生なんだ」

「奥さんは？」

「ショックで少し前から、別の部屋で臥せってる。さ、行こう」

　山室が促した。

城所は山室の後から、十畳の和室に入った。

亡骸の横には小さな台が置かれ、箸を立てた一膳飯と水の入ったコップが載っていた。故人に手向けられた花も見える。

山室が片膝を畳につき、恵美に小声で話しかけた。

「わたしと同期の城所拓君です。彼も研修医時代に、あなたのお父さんに目をかけてもらってたんですよ。先生が急死されたことを知って、仮通夜に駆けつけてくれたんです」

「わざわざありがとうございます」

恵美が名乗って、丁重な礼を述べた。城所は自己紹介し、恵美の前に正坐した。

「このたびは突然のことで……」

「父が死んだという実感がまだなくて、何か悪い夢を見ているようなんです」

「そうでしょうね。心から、お悔やみ申し上げます。当分はお辛いでしょうが、どうかお気をしっかりとお持ちになってください」

「ええ。父の顔を見てやっていただけますか」

恵美が体の向きを変え、故人の顔を覆った白布をそっと取り除いた。

安らかな死顔だった。苦悶の色は少しも浮かんでいない。

城所は小野寺の顔を一分ほど眺めてから、故人の冥福を祈った。合掌を解いたとき、山室が小声で恵美に教えた。

「昨夜(ゆうべ)、警察に通報したのは城所君だったそうです」

「そうだったんですか。それは存じ上げませんでした」

「何か運命的なものを感じました」

城所は昨夜のことを手短に話した。

「ドクターをなさっていると思っていましたが」

「ちょっとした事情がありまして、いまは運転代行の仕事をしています。それはそうと、十分ほど時間をもらえませんか。先生のことで少し教えてほしいことがあるんですよ」

「わかりました。それでは、別の部屋でお話をうかがいます」

恵美が先に立ち上がった。城所は目顔(めがお)で山室に謝意を表(ひょう)し、恵美の後に従った。

案内されたのは、玄関ホールに接した広い応接間だった。

二人はコーヒーテーブルを挟(はさ)んで向かい合った。城所は改めて小野寺の娘の顔を見た。いかにも利発そうな面立(おもだ)ちで、造作(ぞうさく)の一つひとつが整っている。

「修士課程に進まれたんですね？」

「ええ。英米の比較文学論を勉強しています。両親は、わたしが医学部に進むことを望んでいたようですけど、消毒液の臭(にお)いが大っ嫌いなんですよ。だから、父は無理強(じ)いはしなかったの」

「先生は、話のわかる方でしたから。ところで、他殺の疑いがあるそうですね。さっき山室から、その話を聞きました」

「警察の方は他殺と断定したわけではありませんけど、おそらく父は誰かに殺されたんだと思います」

「何か思い当たることがあるようですね？」

「はい。父は生前、命の大切さをよく口にしていました。そして、自殺は罪悪だと繰り返していたんですよ」

恵美の語尾が震えた。すぐに彼女はうつむき、柄のハンカチで目頭を押さえた。

城所は何も言えなかった。こんなとき、言葉は無力だ。

数分後、恵美が顔を上げた。

「すみません」

「出直したほうがよさそうですね」

「いいえ、もう大丈夫です。どうぞ何でも……」

「あなたのお父さんには以前、何かと目をかけていただいたので、このままじっとしてられない気持ちなんです。素人探偵には何もできないかもしれませんが、事件の真相を探ってみたいんですよ」

城所は言った。

「わたしも警察だけに任せておけない気持ちです。ぜひ力になってください」

「結果はどうなるかわかりませんが、調べられることは調べてみます」

「よろしくお願いします」

恵美が頭（こうべ）を垂（た）れた。

「小野寺先生が三年前に『善光会』に移ることになったのは、なぜだったんでしょう？　何か事情があったのかな」

「前の病院は役職者が多すぎて、中堅や若手のドクターが気の毒だと言って、父は外科部長のポストを後進の方に譲（ゆず）る気になったんですよ」

「いかにも小野寺先生らしいな」

「父自身も井の中の蛙（かわず）になることを恐れていたようですので、思い切って『善光会』の院長になる気になったんでしょう。給与面では、それほど条件がよかったわけではないはずですけど」

「それまでの公立病院と較べたら、『善光会』ははるかに小さな民間病院ですが、院長のポストは魅力があったんでしょうしね」

「ポストそのものに惹（ひ）かれたというよりも、自分の理想的な医療活動ができそうだと移った当初はとても張り切っていました」

「しかし、現実は理想通りにはいかなかった？」

城所は、後の言葉を引き取った。

「そうだったみたいですね。理事長の徳岡さんは一年ほどは父の意見を全面的に受け入れてくれたようですけど、だんだん自分の考えを押しつけるようになったらしいなんです」

「病院のオーナーが医者じゃない場合は、どうしてもビジネスのことを優先しがちですからね。自分が投資した金額に見合う分の利潤がきちんと上がっているかどうかが、病院経営者の最大の関心事になるんでしょう」

「それはそうでしょうね。父は過剰な検査や投薬を嫌っていました。そんなことで、徳岡理事長と意見がぶつかるようになって、父は二年目から時々、暗い表情を見せるようになりました」

「そうですか」

「それで去年の秋、父は一度、病院を辞（や）める気になったんです。その少し前に、徳岡理事長が赤字だからと言って、院長以外の全職員の一律二割の賃金カットを実施しそうになったみたいんですよ」

恵美が明かした。

「それを、先生が思い留（とど）まらせたんですね？」

「ええ、そう聞いています。その代わり、理事長は父に入院患者の退院の時期をそれぞれ四、五日ずつ延期してほしいと言ってきたそうです」

「赤字経営の病院は、その手をよく使うんですよ。それで、保険の請求点数をかなり稼（かせ）げますんでね」

　城所は言った。

「父は、現行の医療保険制度は問題だらけだと言っていました。出来高払い制だから、医療機関は必要もない検査をしたり、患者に大量の薬を押しつけて、ひたすら収入増を図ってるって」

「そういう病院が多いことは事実でしょう、公立でも民間でも。それだから、年間の医療費が信じられないほど膨れ上がってしまう。最近の例ですが、心臓に疾患のある五十八歳の主婦が手術を含めて約一カ月入院したら、その治療費がなんと二千九十六万円だったなんてこともありました」

「そんなに⁉」

「一日の使用料が五十万円という心臓補助装置を何日も使ったらしいんですよ。それは例外としても、薬剤と輸血だけで三百万円以上もかかったというんですから、常識を超えています。担当医は最善の方法で患者の命を救うのが医師の務めだと正論を口にしていますが、高額医療で儲けたいという気持ちがまったくなかったとは言えないでしょう」

「その患者さんは、どうなったのでしょう？」

　恵美が訊いた。

「結局、亡くなってしまったんです。死んだ患者の夫は何百万円かを自己負担し、健康保険組合が残りの医療費を払うことになりました。医療機関から回ってくる診療報酬請求書（レセプト）の通りに支払いをしてたら、健保組合も国民健康保険も財政赤字になるはずです」

「アメリカは定額払い制で、病気ごとに標準原価があるそうですね？」

「その通りです。ドクターや看護師（ナース）の人件費、手術の所要時間、消毒費なんかの原価計算をして、胆石（たんせき）の手術費用は日本円で八十五万、ヘルニアは七十六万、虫垂炎（ちゅうすい）は二十万という具合に標準原価を割り出してるんですよ」

「日本も早く定額払い制にすべきだわ」

「しかし、大半の医者はそれを望んでいません。過剰な検査や投薬ができなくなったら、当然、保険点数は稼げなくなりますので」

「薬をたくさん使うと、医療機関はとても儲かるんですって？」

「ええ。日本の医薬品は、厚生労働省が公定価格を決めています。しかし、どの病院も公定価格よりもだいぶ安い値で薬を購入してるんですよ。その薬価差益が病院の儲けになってるんです。ちょっとした病院なら、数億円の薬価差益を得てるでしょう」

城所は苦々（にがにが）しい気持ちで答えた。

「医療費の定額払い制を望まないのは、医療関係者だけなんですか？」

「いや、製薬会社も売上が落ちますから、定額払い制の導入には反対のはずです。それから薬・医の関係者から接待を受けてる厚生労働省の官僚たちも、現在の出来高払い制を支持するでしょうね」

「父は、今回の医療保険制度改革は抜本改革には手をつけずに、国民にだけ負担増を強いてると言っていました」

「実際、その通りだと思います。そもそも医療機関も製薬会社も儲けすぎてる。薬・医と厚生労働省官僚との癒着を断ち切らなきゃ、この国の医療問題は解決しないでしょう」

「人の病気を喰いものにするなんて、人間として下の下だわ」

恵美が吐き捨てるように言った。

「ちょっと話が横道に逸れましたが、その後も小野寺先生は徳岡理事長と対立状態がつづいていたんですか？」

「おそらく、そうだったのでしょう。最近は父も母やわたしに愚痴めいたことは言わなくなりましたけど、何か職場のことで悩んでいる様子でした」

「そうですか。とにかく、ちょっと調べてみます」

城所は恵美に自分の名刺を渡し、そのまま辞去した。

小野寺邸を出ると、暗がりに不審な中年男が立っていた。その男は手にしていたデジタルカメラを上着の裾で隠すと、急ぎ足で歩み去った。

怪しい男は弔い客を盗み撮りしていたのではないか。

城所は男を追った。

しかし、男の姿は掻き消えていた。城所は小野寺邸の斜め前まで引き返し、ドルフィンカラーのBMWに乗り込んだ。5シリーズの中古車だが、エンジンは快調だった。

城所はイグニッションキーを捻った。

3

怒号が重なった。

十人近い男たちが待合ロビーで揉み合っていた。

翌日の午後二時過ぎである。新宿区若松町にある『善光会総合病院』だ。車を降りたばかりの城所は、玄関ロビーに駆け込んだ。

「理事長に会わせろ」

「不当解雇されたんだ。とにかく、徳岡と話をさせてくれ」

手前にいる六人の男がスクラムを組みながら、口々に言った。

彼らの前には、青い制服姿の三人の男が立ち塞がっている。三人とも大柄で、筋骨隆々としていた。警備会社の者たちだろう。

「何度言ったら、わかるんだ。徳岡理事長は、ここにはいないと言ってるでしょうが！」

三人のうちのひとりが腹立たしげに息巻いた。と、スクラムを組んだ六人のリーダー格らしき男が言い返した。

「嘘をつくな！　さっき理事長室に電話したとき、徳岡本人が受話器を取ったぞ」

「そんなはずはない。理事長は、本当にいらっしゃらないんだ」

「こっそり逃げたんだな。なら、居所を教えてくれ」

「その質問には答えられない。とにかく、お引き取り願いたいな。帰ってくれませんか」

「帰るものかっ。冗談じゃない！」

リーダーと思われる男がフロアに坐り込んだ。

仲間の五人が次々に倣う。三人のガードマンが険悪な表情になった。

「なんの騒ぎなんです？」

城所はガードマンたちに話しかけた。最も年長に見える口髭の男が問い返してきた。

「おたくは？」

「友人の見舞いに来たんですよ」

城所は、とっさに言い繕った。

「それなら、入院病棟へ行って……」

「玄関先で揉み合うのは、みっともないな。入院患者や見舞い客に迷惑でしょ？」

「この連中が悪いんだ。解雇されたことを逆恨みして、ここに押しかけてきて騒いでるんだから」

口髭をたくわえたガードマンが、目の前に坐り込んでいる六人の男を睨めつけた。すると、六人のひとりが興奮した声で喚いた。

「不当解雇されて黙ってられるかっ。金で誰にでも尻尾を振る番犬どもは引っ込んでろ」

「無礼な奴だな」

口髭の男が額に青筋を立て、悪態をついた相手の腹部を蹴った。蹴られた男は唸りながら、前のめりに転がった。

仲間の五人が一斉に三人のガードマンに組みついた。ガードマンたちも、いきり立った。

「みんな、冷静になれよ」

城所は大声を張り上げた。

だが、無駄だった。男たちは殴り合い、蹴り合いをしつづけた。

このままでは、双方に怪我人が出るだろう。

城所は綿ジャケットの内ポケットからスマートフォンを取り出し、一一〇番する真似をした。

六人組が顔を見合わせ、あたふたと玄関から飛び出していった。三人のガードマンはエレベーターホールに足を向けた。

城所は表に出て、小走りに逃げていく六人の男を追った。病院の外に出てから、彼は男たちを呼び止めた。

　六人が相前後して立ち止まった。

「警察に電話なんかしてない。一一〇番した振りをしただけですよ。ああでもしなかったら、誰かが怪我をすると思ったんでね」

「なあんだ、そうだったのか」

　水色のボタンダウンのシャツを着た男が、安堵した顔つきで言った。三十二、三歳だろうか。

「実はわたし、小野寺院長の死の真相を探ってる者なんです」

「刑事さん？」

「いや、ただの一般市民ですよ。以前は麻酔科医でした。研修医時代に小野寺さんに世話になったんです」

「そうだったんですか」

「あなた方は不当解雇されたようですね？」

「そうなんですよ」

「どなたか、そのあたりの話をしてもらえないだろうか」

　城所は六人の顔を順番に見た。短く迷ってから、ボタンダウンのシャツの男が同意した。

ほかの五人はひと塊になって、ゆっくりと遠ざかっていった。

城所はボタンダウンのシャツを着た男を近くのカフェに誘った。奥のテーブル席に着き、二人ともアイスコーヒーを頼んだ。

ウェイトレスが下がると、城所は自分の名を明かした。相手も名乗る。

「織笠成芳です。放射線技師をしていたのですが、先々月、妙な罠に嵌められて依願退職を強いられました」

「妙な罠って？」

「先々月の上旬のある夜、歌舞伎町をひとりで歩いてたら、中年の女性が近づいてきて、『二万五千円で女子高生と遊べるんだけど、どうかしら？』って誘いかけてきたんですよ」

織笠が、きまり悪げに小声で言った。

「女客引きの誘いに乗ったんですね？」

「ええ、酒が入ってたんで。その女に従いてくと、大久保公園の近くに一台のキャンピングカーが駐めてありました」

「その車の中に、女子高生がいたのかな」

「ええ、そうです。女は制服を着てましたけど、とうに二十歳は過ぎてるでしょう。それはともかく、ぼくは女に金を渡して、キャンピングカーのベッドで性行為に及びました。それが、とんでもないことに……」

「そのときの一部始終を動画撮影されたのかな?」

城所は問いかけた。

「そうなんですよ。数日後に徳岡理事長に呼ばれて、理事長室で動画を観せられたんです。びっくりしたし、とても恥ずかしかったな」

「理事長は、その場であなたに依願退職するよう言ったの?」

「ええ、そうです。徳岡の話によると、その動画がどこかから送られてきて、『こういう職員を辞めさせないと、病院を潰すぞ』と脅されたというんです。理事長に泣きつかれて、仕方なく依願退職したんですよ」

「さっきの五人も同じ手に引っかかってしまったのかな?」

「そうなんです。誘われ方や連れ込まれた場所はそれぞれ違いますが、みんな、色仕掛けに引っかかって、淫らな動画や画像を撮られたことは同じです。ぼくらも軽率でしたけど、こんな汚いことは赦せませんよ」

織笠が憤り、コップの水を飲んだ。

「ほかの五人のすべてが放射線技師というわけじゃないんでしょ?」

「放射線技師は、あとひとりだけです。それから衛生検査技師が二人で、薬剤師と会計課員が各一名です。六人とも三十代です」

「ほかの五人も、同じ時期に依願退職に追い込まれたのかな?」

「ええ、そうなんです。徳岡は第三者に脅迫されたと言っていましたが、怪しいもんです」

「理事長が罠を仕掛けたと?」

「その疑いはあると思います」

「小野寺さんは、六人が相次いで病院を辞めることについて何か言わなかった?」

「六人とも院長先生に個々に呼ばれて、退職理由を訊かれましたよ。でも、誰も事実を話せなかったんです」

「ま、そうだろうね」

城所は相槌を打った。

ちょうどそのとき、アイスコーヒーが運ばれてきた。会話が中断した。ウェイトレスが遠のくと、織笠が口を開いた。

「ぼくらは六人とも、一円も退職金を貰えませんでした」

「それは、ひどい話だな」

「本来なら、三、四百万円は貰えるはずなんですよ。ぼくらはもう職場復帰をする気はありません。けど、せめて退職金は貰おうってことになって、徳岡に直談判するつもりだったんです。しかし、三人のガードマンに追い返されてしまって」

「『善光会』の経営状態は、かなり悪いんだろうか?」

「赤字つづきでしょうね。小野寺院長は必要のない検査を各科のドクターたちに禁じていましたし、過剰投薬も認めませんでしたので。それから院長先生は癒着を断ち切るべきだとおっしゃって、医療機器メーカーや製薬会社からのリベートはいっさい受け取らないよう指示していましたし、接待の飲食やゴルフも禁止でした」

「当然、新薬の採用にもフェアだったんだろうな」

「ええ。以前の院長は薬効よりも薬価差益の大きな医薬品を選んでたようですけど、小野寺院長はあくまでも治験データのいい新薬だけを選んでいました」

「前の院長は、なぜ『善光会』を去ったんだろう？」

「愛人宅で腹上死しちゃったんですよ、三年前に。それで、徳岡は名医で良心的な小野寺院長をスカウトしたんです。先生のいいイメージで患者を多く集めようと目論んだんでしょうね。確かに通院患者は増えました。しかし、小野寺院長は過剰検査はさせませんでしたし、患者を薬漬けにするようなこともさせませんでした。そんなことで、月々の保険点数は前院長のときの半分以下になったんです」

「理事長の徳岡は焦って、小野寺さんに文句をつけた。しかし、小野寺さんは自分の考えを貫き通した。そうだね？」

　城所は問い、ストローでアイスコーヒーを吸い上げた。

「そうです。一年ぐらい前から、二人の対立が烈しくなっていました。徳岡は苦肉の策として、汚い手口でリストラをする気になったんでしょう」

「ドクターやナースで、不自然な辞め方をした者は？」

「いまのところは、ひとりもいません。ですが、そのうち誰かが不当解雇される可能性はあると思います」

「考えられそうだね」

「徳岡理事長は悪質なリストラ屋に頼んで、ぼくら六人を陥れさせたんじゃないかな」

織笠が呟いて、アイスコーヒーにガムシロップとミルクをたっぷり入れた。甘党なのだろう。

「こないだ、総会屋崩れやブラックジャーナリストが企業の要請でリストラに協力しはじめてるって記事を週刊誌で読んだな。そういうリストラ屋が実際に暗躍してるようだね」

「ああいうスキャンダルをでっち上げられるのは、裏経済界で悪さをしてた奴か筋者だと思うんですよ」

「だろうね。徳岡理事長のとこに、その種の人間が出入りしてた？」

城所は訊いた。

「そういえば、医療ジャーナリストと称する柄の悪い男が時々、理事長室に出入りしてました」

「いくつぐらいの男？」

「三十八、九歳でしょうか。ぎょろ目の男です。確か畑山耕次って名でしたよ。いつだったか、受付で理事長との面会を求めるとき、その男がそう名乗ってたんです」

織笠がそう言って、ストローをくわえた。半分近く一息にアイスコーヒーを啜った。よほど喉が渇いていたようだ。

「その男の住まいまではわからないだろうな」

「ええ、そこまではちょっとね。でも、理事長室を根気よく見張ってれば、畑山の住んでる所を突き止められるんじゃないですか」

「理事長室は何階にあるのかな」

「最上階の七階です」

「七階には受付があるんでしょ？」

「一応、あることはあります。ですが、たいてい受付カウンターには誰も坐ってません。きょうは、さっきの三人のガードマンが七階の受付に立っていますけどね。ぼくら六人は、そこで追い返されちゃったんですよ」

「それなら、理事長室には近づけないな」

「ええ、そうでしょうね。だけど、理事長室の窓のブラインドが開いてれば、隣のマンションの外廊下から部屋の中は覗けます」

「それは、役に立つ情報だな。それはそうと、徳岡理事長の顔の特徴を教えてほしいんだ」

　城所は言った。

「一階の会計窓口の横の掲示板に、徳岡理事長のインタビュー記事が貼ってありますよ。顔写真付きの記事です」

「それじゃ、後で掲示板を見てみよう」

「今朝のテレビやネットニュースによると、高輪署に捜査本部が設けられることになったそうですね。やっぱり、院長先生は殺されたようだな。ぼくらも、もしかしたらと思ってたんですよ」

「犯人に心当たりは？」

「迂闊なことは言えませんが、ひょっとしたら、徳岡理事長が畑山あたりに殺させた可能性はゼロではないと思います」

　織笠が答え、また冷たいコーヒーで喉を潤した。

「確かに理事長には犯行動機があるな。小野寺さんが良心的な医療活動をつづけてたら、赤字が増えて病院経営が危うくなる」

「ええ、そうですね。だから、邪魔者の院長先生を誰かに始末させたのかもしれませんよ。狡猾な人間だから、徳岡自身が直に手を汚すことはないでしょう」

「それは、そうだろうね。徳岡のほかに、小野寺さんを恨んでる人物は？」

「いないでしょう。あなたもご存じの通り、院長先生は誰からも愛される好人物でしたから」

「となると、やっぱり徳岡理事長が臭いな。徳岡の自宅の住所、わかります？」

城所は訊いた。

織笠がうなずき、スラックスのヒップポケットから小さな住所録を抓み出した。

徳岡の自宅は世田谷区成城六丁目にあった。城所は手帳に住所を書き留めた。ついでに彼は、織笠の自宅の固定電話番号も教えてもらった。

それから間もなく、二人は店を出た。むろん、コーヒー代は城所が払った。

織笠は恐縮しながら、病院とは逆方向に歩きだした。

城所は大股で病院に戻った。

ロビーに、人影はなかった。会計窓口も白いカーテンで閉ざされている。

その横に掲示板があった。城所はインタビュー記事に添えられた写真を見た。

徳岡真幸は、見るからに精力的な感じだった。眉が太く、下脹れだ。唇も厚く、どことなく下品な顔立ちだった。

城所は徳岡の顔を脳裏に刻みつけると、病院の駐車場に足を向けた。

ＢＭＷのグローブボックスから小型双眼鏡を取り出し、それを上着のポケットに入れた。

ドアをロックして、近くの木陰に入る。スマートフォンで、深町に連絡を取った。

電話口に出たのは、コロンビア出身のイザベラだった。

「おれだよ」

「その声は城所さんね？」

「そう。深さんがいたら、替わってくれないか」

城所は言った。すぐにイザベラが少し訛のある日本語で返事をした。

「彼、いるよ。でも、すぐには電話に出られない」

「トイレで唸ってるのかな」

「城所さん、よくわかるね。すごいよ。出てきたら、城所さんのスマホに電話させる」

「頼む。それはそうと、体調はどう？」

「わたし、元気、元気！　時々、少し熱が出るだけ」

「そうか。あまり無理をしないほうがいいな」

「無理してないよ、わたし。毎日、遊んでるだけ。神さま、そばにいるから、いつもハッピーね」

「イザベラはカトリック教徒だったな」

城所は確かめた。

「その神さまじゃないよ。生きてる神さまのこと」

「深さんのことか？」

「当たり！　あっ、神さまがトイレから出てきた。城所さん、ちょっと待ってて」

イザベラが早口で言い、大声で深町の名を呼んだ。

城所は、思わず吹き出してしまった。待つほどもなく、深町の声が耳に流れてきた。

「お待たせしました」

「イザベラちゃん、深さんのことを神さまだって言ってた。彼女をよっぽど大事にしてるようですね」

「彼女は感激屋なんですよ。それより、何でしょう？」

『善光会』の徳岡理事長に脱税の事実がないかどうか調査してもらいたいんです」

城所は経緯を喋り、病院の所在地と徳岡の自宅の住所を教えた。

「さっそく調べてみましょう。いつものように原ちゃんの特殊メイクで、昔の同僚に成りすましてね」

「よろしく」

「小野寺という先生は、やはり徳岡理事長に殺られたんですか？」

「その疑いがあることは確かだと思うな。徳岡の弱みを押さえて、ちょっと揺さぶってみようと思ってるんですよ」

「そうですか。何かわかったら、連絡します」

深町が電話を切った。

城所は病院の裏手に回り、道の向こう側にある八階建てマンションのエントランスロビーに入った。オートロック・システムではなかった。管理人の姿もない。

エレベーターで七階に上がり、外廊下に出た。すぐ左手に、『善光会総合病院』の白い建物が見える。

城所は外廊下の中央まで歩き、さりげなく身を屈めた。コンクリート柵の上部には、銀色の手摺が取り付けてあった。手摺とコンクリートの柵の隙間から、小型双眼鏡を使って病院の七階の窓を左端から順に覗いていく。

三つ目の部屋の窓のブラインドは開いていた。徳岡は、その部屋でパターの練習をしていた。

やはり、さきほどは居留守を使ったようだ。ほかには誰もいなかった。

両袖机もウォール・キャビネットも、いかにも値が張りそうな代物だった。総革張りの応接ソファセットも安物ではない。

理事長室のようだ。

急に部屋のドアが開いた。ドアを開けたのは、口髭を生やしたガードマンだった。

その後ろに、畑山耕次と思われる男が立っている。ぎょろ目だ。徳岡が笑顔で客を迎え、深々としたソファに坐らせた。

ぎょろ目の男を尾けてみる気になった。

城所は立ち上がって、非常階段の陰に身を隠した。マンションの入居者に怪しまれたくなかったからだ。

4

陽が沈んだ。

理事長室の電灯は数十分前から点いている。あと数分で、午後七時だ。

徳岡と畑山らしき男は向かい合ったまま、愉しげに談笑している。

長っ尻だ。

城所は溜息をついた。張り込みは自分との闘いだった。マークした人物が動きだすのをじっと待つ。それが鉄則だ。

しかし、何時間も待たされると、どうしても焦れてしまう。しかも、いま身を潜めている場所は誰の目にも触れないという死角ではない。

運が悪ければ、七階の入居者に見られるだろう。現に少し前に、入居者のひとりが非常階段に近づいてきた。

とっさに城所は身を伏せ、息を殺した。幸いにも、入居者は彼に気づかなかった。

しかし、これから七階の入居者たちが職場から続々と帰ってくる時間帯だ。そのうち誰かに見咎められるのではないかと思うと、気が気ではなかった。

焦れかけたとき、ぎょろ目の男がソファから立ち上がった。ようやく辞去する気になったようだ。

城所はエレベーター乗り場に走った。

マンションを飛び出し、隣の『善光会総合病院』に駆け込む。城所は一階のエレベーターホールに急いだ。

しかし、ぎょろ目の男の姿は見当たらない。

城所は玄関を出て、駐車場を見た。ちょうどマークした男が黒いレクサスの運転席に乗り込むところだった。城所は自然な足取りで、自分の車に向かった。運転席のドアを閉めたとき、レクサスが目の前を通過していった。

城所はレクサスを尾行しはじめた。

レクサスは余丁町から、靖国通りに向かった。畑山と思われる男は、まっすぐ帰宅するのか。それとも、どこかに立ち寄るつもりなのか。

男が尾行に気づいた様子はない。城所は一定の車間距離を保ちながら、レクサスを追った。

ほどなくレクサスは靖国通りを右に折れ、新宿方面に向かった。

厚生年金会館に差しかかったとき、城所のスマートフォンが鳴った。ハンズフリーだった。運転中でも通話はできる。

「わたしです」

発信者は深町だった。

「まだ徳岡には会ってませんよね？」

「ええ。原ちゃんに連絡がつかなかったんで、とりあえず『善光会』の過去の納税調査をしてみました。この二年間は、まったく法人税を払っていません」

「つまり、赤字経営だったってことか」

「脱税や節税の操作をしてないとしたら、そういうことになりますね」

「深さん、年下のおれに敬語を使うのは、いい加減にやめてくれませんか。なんだか気持ちが落ち着かなくなるんで」

「社会人になったら、年上も年下もないでしょ？　体育会出身の奴らは、そういうことに拘（こだわ）るようですがね。からかいじゃなく、わたしは年下のあなたを頼りにしてるんです。だから、このまま……」

「まいったな。それはそうと、『善光会』は実際に経営状態が厳しいようなんです」

城所は、織笠たち六人がスキャンダルの主にさせられて、依願退職に追い込まれた話をした。

「それなら、病院経営は実際にうまくいっていないんでしょう。ほかの語学学校や高級スポーツクラブも、それほど儲かってないようです。どちらも、たいした額の税金は払っていません」

「そう」

「それから徳岡は二年前に伊豆高原（いずこうげん）にオープンさせたレジャーパークをわずか半年で潰（つぶ）して、百数十億円の負債を抱（かか）えてますね。メガバンクと地方銀行の計四行から事業資金の融資を受けてるんですが、どの銀行に対しても利払いも滞（とどこお）らせています」

「だとすると、いずれレジャーパークの土地や建物は競売にかけられるな」

「おそらく、そうなるでしょう。それからですね、『善光会総合病院』の土地と建物は第二抵当権まで設定されていました。成城にある徳岡の自宅の土地や家屋もメガバンクの抵当に入っています」

「語学学校や高級スポーツクラブは、テナントビルでやってるんでしょう？」

「ええ、そうです」

「徳岡は借金だらけなんだな」

「そういうことになりますね。だから、六人の病院スタッフを汚いやり方で辞めさせ、少しでも出費を抑（おさ）えたかったのでしょう」

深町が言った。

「しかし、徳岡は海千山千(うみせんやません)って感じなんですよ。案外、どこかに隠し財産があるのかもしれないな」

「それは考えられますね。経済調査会社にいる知人に調べさせましょうか？」

「いや、それはやめておこう。われわれ五人のメンバー以外の人間が動くと、官憲に目をつけられることになるかもしれませんから」

「そうですね。明日、原ちゃんとコンタクトできたら、元の同僚に化けて査察をかけてみますよ。ひょっとしたら、裏帳簿や隠し金が見つかるかもしれませんので」

「査察を単独でやることは、原則として……」

「ええ、ありません。しかし、その点はうまくやりますよ。コンビを組んでた同僚が、急に腹痛に見舞われたとか何とか言ってね」

「うまくやってほしいな。深さんは凄腕(すごうで)の査察官(マルサ)だったんだから、何か見つかるでしょう」

　城所は言った。

「そう楽観はできません。脱税者たちは年々、現金や無記名の割引債を巧(たく)みに隠すようになっていますので」

「昔は自宅やオフィスの天井裏や床下を改造して金庫を備(そな)えたり、逆に冷蔵庫、ポリバケツ、熱帯魚の水槽なんかに脱税した現金や金の延べ棒を隠すケースが多かったらしいが

「……」

「いまでも、そういう連中はいますよ。しかし、脱税の常習犯になると、資産と住所を税金避難地と呼ばれる国々に移して、本人は国内で暮らしてるんです」

深町が忌々しげに言った。

「税金避難地は、どこも取引情報を厳重に保護してるから、個人の情報をむやみに外部に洩らすことはない。それを悪用してるんだな」

「そうなんですよ。だから、大口脱税で捻出した裏金をバハマや香港、マニラなどの口座にいったん振り込んで、それをそっくり現地でドルやユーロに換えてから日本に逆送金し、数社の幽霊会社に分散するんです。そして改めて海外の銀行口座に金を移して、適当な期間を経た後に現地で裏金を引き出す手もあるんですよ」

「そういう手を使えば、裏金は洗浄されるわけだ」

「ええ、その通りです。徳岡がそういう手を使ってるとも考えられなくはないな」

「もしかしたらね。それはそうと、暴力団の企業舎弟や宗教法人には、国税局も手が出せないという話を聞いたことがあるな」

城所は喋りながら、窓の外に目をやった。いつしか青梅街道に入っていた。中野坂上のあたりだった。

「査察官も人の子ですからね。法律や理屈の通らない暴力団関係者には、ついビビっちゃうんですよ。宗教法人は非課税が原則で、銀行預金の利息にも税金はかかりません」

「ただ、宗教法人が副業としてる出版や物品販売なんかの収益には課税されるはずですよね？」

「ええ。しかし、法人税率は低いんです。一般企業の場合は約二十三パーセントの法人税を課せられますが、宗教法人はおよそ十九パーセントなんですよ。しかも収益の三割は宗教活動に寄附してもいいことになっていますので、実質の税率は十八、九パーセントですね」

「そんな特典があるから、日本には十八万五千もの宗教法人があるんだな。脱税目的で宗教法人を買う実業家も結構いるらしい」

「ええ。それに、暴力団の組長も〝にわか教祖〟になったりしています」

「世も末だな」

「しかし、彼らはまだ可愛げがありますよ。大企業や大物政治家は、もっと悪質な脱税をやってます」

「国税庁に代わって、おれたちが大企業や大物政治家から裏金を徴収しないといけないな」

「わたしもそう思ったから、個人的に一流企業から裏金を頂戴してるんです。もちろん、脅し取った金を国に収める気はまったくありませんがね」

深町が喉の奥で笑った。

彼は東京国税局の花形セクションの調査第一部にいた。第一部所属の約三百人の査察官は、資本金五十億円以上の大企業二百社を受け持っている。業種ごとに分類された七つのグループで構成され、さらに一つのグループには五つか六つの班が置かれている。各班の責任者は特別国税調査官だ。

担当業種はAグループが金融、ノンバンク、食品で、Bグループは証券、保険、流通、製薬という具合になっている。

ゼネコン、不動産、機械がCグループ、電機、エレクトロニクス、精密機器がDグループだ。Eグループは商社、鉄鋼、造船、重機、パルプ、Fグループは通信、自動車、鉄道、航空、化学などを担当している。そのほかに、運送、石油、リース業をカバーしているKグループがある。Kは〝機動〟の略だ。

深町は七グループのうちの五つに属した過去を持つ。したがって、彼が揺さぶる企業はほぼ全業種にわたっていた。

「畑山の線から何か摑めるといいんだがな」

「身に危険が迫ったら、志村君に応援を要請したほうがいいですよ。メンバーで腕っぷしの強いのは、彼だけなんですから」

「そうしましょう」

城所は電話を切った。

確かに自分は武闘派ではない。ボクシングや空手の心得もなかった。しかし、暴力に怯むことはなかった。

たとえ相手が凶暴なやくざや武術家であっても、冷徹さを失わなければ、隙を衝くチャンスはどこかにあるものだ。反撃の機会を得たら、どんな卑劣な手段を用いてでも相手をぶちのめす。

それが城所の喧嘩作法だった。

また、彼は護身のためには麻酔薬、筋肉弛緩剤、手術用の各種のメスも用いる。拷問に鉗子や小型電動鋸を使う場合もあった。それらは、すべて悪徳医師たちから脅し取った薬品や手術具だ。

医師のモラルの低下が言われて久しいが、毎年、十六、七人のドクターが行政処分を受けている。

エリート医師が覚醒剤中毒やレイプ（現・不同意性交等）容疑で逮捕されるケースは、それほど珍しくない。女子中学生を言葉巧みにモーテルに連れ込む名医もいれば、勤務先の病院から睡眠導入剤のハルシオンを大量に持ち出して遊興費に換えている若い医師もいる。

飲酒運転で人身事故を起こしながら、同乗の女性がハンドルを握っていたと大嘘をつく者もいた。何年もの間、腎臓（じんぞう）の血液透析（とうせき）回数を二倍に水増しして、不当な診療報酬を得ていた医者はひとりや二人ではない。

医療機器を詐取（さしゅ）した大学病院のベテラン内科医もいた。入院患者の反抗的な態度に腹を立て、ベッドごと引っ繰り返してしまった暴力医師もいる。

悪徳医師がいる限り、麻酔溶液や筋肉弛緩剤のアンプルを入手することはたやすい。

城所は注射器ばかりではなく、手製の麻酔銃も使っている。ダーツガンは数種あった。自宅マンションには、麻酔アンプルが百本以上も隠してある。

畑山と思われる男が運転するレクサスは青梅街道を道なりに走り、杉並（すぎなみ）区役所のそばにあるファミリーレストランの駐車場に入った。

城所も店のモータープールに車を入れ、レクサスとだいぶ離れた場所に駐めた。外には出なかった。連れを待っている振りをしながら、ぎょろ目の男の動きを見守る。男は車を降りると、ファミリーレストランに入っていった。十五分も待たないうちに、表に出てきた。

二十三、四歳の半グレっぽい痩（や）せた男と一緒だった。

ぎょろ目は連れの男を助手席に乗せると、ふたたびレクサスを走らせはじめた。城所は尾行を再開した。

レクサスは杉並公会堂の前を抜け、善福寺（ぜんぷくじ）交差点を左折した。二つ目の角を今度は右に折れて、百メートルほど先で路肩に寄った。

四階建ての磁器タイル張りの小さなマンションの脇だった。

城所はＢＭＷをレクサスの五十メートルあまり後ろに停め、すぐにヘッドライトを消した。

少し経つと、助手席から痩せた若い男が降りた。準大手の宅配便会社の名の入った制服を着ていた。小さな包装箱を持っている。

助手席のドアを閉めたとき、包装箱が腕から落ちて弾んだ。男は頭に手をやって、箱を軽々と掬い上げた。

どうやら空箱らしい。あの男は宅配便の配達人に化けて、マンションのどこかの部屋に押し入るつもりなのだろう。

城所はグローブボックスの奥から、ポウチバッグを取り出した。中には、注射器セット、麻酔溶液のアンプル、数種のメスが入っている。

怪しい男が低層マンションの玄関に向かった。城所は静かに車を降り、レクサスの脇を抜けた。

ぎょろ目の男はルームランプの光を頼りに、スマートフォンを耳に当てた。城所は足を速め、マンションの中に走り入った。

四階建てながら、エレベーターが一基あった。

不審な若い男はエレベーターの前にたたずんでいた。城所は男の真後ろに立った。そのとき、男が小さく振り返った。

「お届け物ですね」

城所は気さくに話しかけた。男が無言で小さくうなずいた。

「うちじゃないだろうな」

「三〇五号の御園（みその）さんに荷物を届けるんですよ」

「それじゃ、うちじゃないや」

城所は笑顔で言った。

男は黙したままだった。エレベーターの扉が左右に割れた。二人は乗り込んだ。

エレベーターが三階に停止すると、痩せた男は先にホールに降りた。城所は四階まで上がり、すぐにエレベーターを下降させた。

三階のエレベーターホールに降りたとき、包装箱を持った男が三〇五号室に入り込んだ。

城所は抜き足で、三〇五号室に近づいた。表札には、御園有紀（ゆき）と記（しる）してあった。

スチールのドアに耳を寄せると、人の揉み合う物音がした。男の威嚇（いかく）の声と女の悲鳴が伝わってきた。

城所はノブに手を掛けた。

ロックされていた。城所は片膝を落とし、ポウチバッグを開けた。メスを取り出し、また玄関ドアに耳を押し当てる。

「服を脱がねえと、喉を搔(か)っ切るぞ」

男の声が響いてきた。

「お金が欲しいんだったら……」

「勘違(かんちが)いすんな。狙いは銭(ぜに)じゃねえ。ぐずぐず言ってないで、早く裸になんな」

「やめて！　お願いだから、許してください」

部屋の主が哀願した。

「そうはいかねえな。おれは、もう謝礼を貰っちまってるんだ」

「あなたは誰かに頼まれて、わたしを……」

「そういうことさ。さすがドクターだ、頭(ペテン)は悪くねえな」

「だ、誰に頼まれたんです？」

「そんなこと言えるかよ。もたもたしてると、このナイフでブラウスもスカートもズタズタにしちまうぞ」

男の語尾に、女の悲鳴が重なった。部屋の主は体のどこかに刃物を押し当てられたのだろう。

御園有紀という女性は、『善光会総合病院』の医師なのかもしれない。徳岡は畑山に女性医師を依願退職に追い込んでくれと頼んだのだろうか。

何とか部屋の女性を救けてやりたい。

城所は立ち上がって、インターフォンを鳴らした。

一瞬、部屋の中が静まり返った。チャイムを鳴らしつづける。侵入者は気が散って、女を辱めることはできないだろう。

城所は耳に神経を集めた。

男が部屋の主を楯にしながら、玄関ホールに近づいてくる気配がした。城所はドア・スコープの死角に身を移し、なおもチャイムを響かせつづけた。

「どちらさまでしょう?」

ドア越しに、女性の震え声が聞こえた。

城所は返事をしなかった。ややあって、内錠を外す音が聞こえた。城所はドアの横の壁にへばりつき、メスを握り直した。

ドアが細く開けられた。

城所は抜け目なく肘でドアを大きく開け、有紀の腕を自分の方に引っ張った。彼女を押さえていた男が体勢を崩し、前のめりになる。

城所は、その一瞬を逃さなかった。すぐにメスを痩せた男の首筋に押し当てる。

「ひっ」

男が喉を軋ませた。

城所はポウチバッグで、男の右手首を叩いた。女性に突きつけられていたフォールディング・ナイフが、三和土に落ちた。折り畳み式のナイフを靴底で押さえつけ、城所は男の後ろにいる女性に言った。

「怪しい者じゃありません。あなたは、『善光会総合病院』にお勤めのドクターでしょ？」

「え、ええ。なぜ、あなたがご存じなんです⁉」

「そのことは、後で説明しましょう。ちょっとお邪魔しますね」

「待ってください。わたし、何がなんだかわからないんです」

「とにかく、いまはこっちを信じてください。まず、あなたはこちらが踏みつけてるナイフを拾ってください」

「は、はい」

部屋の主が玄関マットの上に両膝を落とし、前屈みになった。ブラウスの胸元がはだけ、乳房の裾野が見えた。

「動いたら、頸動脈をぶった斬るぞ」

城所は圧し殺した声で威し、刃渡り七センチのメスを強く押し当てた。

「誰なんだ⁉」

「声が少し震えてるな」

「くそっ」

男が下唇を噛んだ。城所は冷笑し、片足を浮かせた。

女性がフォールディング・ナイフを拾い上げ、刃を閉じた。

城所は、男を部屋の奥まで引きずり込んだ。すぐに女性が追ってくる。城所は振り向いて、部屋の主に確かめた。

「御園有紀さんですね？」

「はい、そうです」

「わたしは昔、小野寺さんに世話になった者です。この男は、悪質なリストラ屋の手先だと思われます」

「リストラ屋？」

「ええ。おそらく徳岡理事長が畑山という男に、あなたを穢してくれと頼んだんでしょう」

「どうして？　わたしを辞めさせるためにですか？」

「ええ、多分ね。放射線技師の織笠さんたち六人も卑劣な罠に嵌まって、退職させられたんですよ」

「理事長が大幅なリストラをしたがっていたことはわかっていましたが、そんな汚いことをしてたとは……」

「浴槽に水を満たしてもらえませんか」

城所は言った。

「なぜ、そんなことを⁉」

「この男に雇い主のことを喋ってもらうためです」

「まさか拷問するつもりじゃありませんよね」

「この男が素直に雇い主のことを喋ると思いますか？」

「いいえ」

「でしょう？」

「わかりました」

有紀が玄関ホールの右手にある浴室に入った。

すぐに湯船に水の落ちる音が響いてきた。

「畑山耕次に彼女をレイプして、淫らな写真か動画を撮ってくれって頼まれたんだなっ」

「誰だい、畑山って？」

「レクサスを運転してた男だ」

「知らねえな、そんな奴は」

「どこまでシラを切れるかな」

城所は言うなり、膝頭で男の睾丸を力まかせに蹴り上げた。

瘦せた男は長く唸って、その場に頽れた。

城所は男のポケットを探った。橙色のカーゴパンツの左ポケットに、デジタル一眼レフカメラが入っていた。

思った通りだ。

城所は靴を脱ぎ、男の後ろ襟をむんずと摑んだ。そのまま、浴室に引きずり込む。

第二章　不審な病院理事長

1

無数の気泡が浮き上がってきた。

泡は水の表面で次々に弾(はじ)けた。それでも浴槽の中から、断続的に泡が湧(わ)いてくる。

城所は、いったん半グレっぽい男の顔を引き起こした。

男が大きく息を吸う。また城所は、男の頭を水の中に押し沈めた。男の両手は、後ろ手に電気コードで縛(しば)ってある。有紀から借りた物だ。

すぐに男の鼻から空気が洩(も)れた。まるでジェット噴射のようだ。

浴室に有紀はいなかった。居間にいるはずだ。

男がもがき苦しみはじめた。首を左右に振るたびに、水飛沫(しぶき)が散る。さながら川から上がった犬だった。

城所はゆっくりと二十まで数え、またもや男の顔を水面から浮かせた。しかし、呼吸を整える時間は与えなかった。

すかさず城所は、男の顔面を浴槽の中に突っ込んだ。

同じことを十数回、繰り返す。男は、たっぷりと水を飲んだ。

「喋る気になったか？」

城所は、洗い場に坐り込んだ男に問いかけた。

男は荒い息を吐くだけで、答えようとしない。上半身は、ずぶ濡れだった。

「水を飲みすぎて、思うように喋れないようだな」

城所はスリッパの先で、男の胃のあたりを強く蹴った。

男が呻いた。城所はすぐ退がった。男が背を波打たせながら、多量の水を吐く。

「少しは楽になったろう？　で、畑山のことを思い出したかな」

「そんな男、知らねえって言ったろうがよ」

「意外に粘るな」

城所は屈んで、男の濡れた頭髪を鷲掴みにした。

顔を引き起こすなり、メスを男の右の頰に滑らせる。少しもためらわなかった男が獣じみた声を放った。

頰の肉が五、六センチ、浅く裂けていた。鮮血が盛り上がり、幾条かの赤い糸になった。

男が痛みを訴える。

「どうなさったの？」

ドアの向こうで、有紀が不安げに問いかけてきた。

「心配いりません。あなたはリビングで待っててください」

「でも……」

「すぐに終わりますので」

城所は言った。有紀が短い返事をして、浴室から遠のいた。

「そっちは堅気（かたぎ）じゃないんだろう？　少しは箔（はく）がついたじゃないか。礼ぐらい言っても、罰（ばち）は当たらないぞ」

「ふざけやがって」

「そろそろ遊びは終わりにしよう」

「おれ、ほんとに畑山さんなんか知らねえよ」

「とろい野郎だ」

城所は、せせら笑った。

「何だよ、いきなり」

「いま、そっちはうっかり畑山をさんづけで呼んだ。知らない人間をさんづけで呼ぶ奴はいない」

「ちっ」

男が舌打ちした。

「ついでに反対側の頬にも勲章をつけてやろうか。え？」

「くそっ」

「それとも、片方の耳を削ぎ落としてやるか」

城所は男の耳を抓んで、上部にメスを当てた。男が体を震わせ、掠れ声を発した。

「やめろ、やめてくれーっ」

「これ以上の時間稼ぎはさせない」

「あんたの言った通りだよ。おれは畑山さんに頼まれて、この部屋の女を姦るつもりだったんだ。そんでもって、裸の写真を撮ることになってたんだよ」

「やっぱり、そうだったか。そっちは、どこの組員なんだ？」

「関東義友会高橋組に足つけてたんだけど、この春に破門になっちまった」

「兄貴分の情婦に手でも出したのか？」

「そんなんじゃねえよ。危険ドラッグの収益をごまかして小遣いにしてたことがバレたんだ。それで、お払い箱よ」

「ドジな奴だ。名前は？」

城所は訊いた。

「多田だよ」

「畑山とは、どういうつき合いなんだ？」

「昔、ちょっと世話になったんだよ。畑山さんはおれの兄貴分の親友だったんだ。そんなことで、三、四年前に知り合ったわけよ」

「畑山もヤー公なのか？」

「若いころは男稼業張ってたという話だけど、いまは医療関係の業界紙を出してるみてえだな」

「畑山はレクサスの中で、ずっと待つことになってるのか？」

「おれがこの部屋に入って三十分後に来ることになってる。ドクターに何か話があるとか言ってた」

「なら、もうじき現われるな」

「もう勘弁してくれねえか。十万円の謝礼でこんな目に遭ったんじゃ、割に合わねえ」

多田と名乗った男が愚痴った。

「傷口、かなり痛いか？」

「痛くて死にそうだよ。うーっ、痛え！」

「それじゃ、鎮痛剤の注射をしてやろう」

「鎮痛剤なんか、なんで持ってるんだよ⁉」

「おれは骨髄の癌に冒されてるんだ。それで、いつも携帯してるのさ」

城所はもっともらしく言って、ガス台の上に置いてあったポウチバッグを掴み上げた。

メスは浴槽の縁の上に置いた。

注射器に針をセットし、二つのアンプルの頭部を親指の腹で押して封を切る。

アンプルの中身は、静脈内鎮静麻酔薬のミダゾラムだ。一つのアンプルに、五十ミリリットルの溶液が入っている。

城所は併せて百ミリの溶液を注射器に吸い上げ、多田の右腕を掴んだ。

「おかしな注射じゃねえだろうな」

「安心しろ。ただの鎮静剤だ」

「あんた、手つきがいいな。もしかしたら、医者じゃねえのか？」

「元医者だよ。注射は苦手か？」

「ああ、苦手だね」

「だったら、目をつぶってろ」

「うん」

多田が子供のような返事をして、瞼をきつく閉じた。

城所は多田の腕を圧迫し、静脈を浮き出させた。注射針を突き刺し、短時間で作用する鎮静麻酔薬を注入した。個人差はあるが、たいてい一分以内には効果が表われる。効き目がない場合は、五十ミリグラムずつ追加していく。

「なんか全身の感覚が鈍くなってきたな。痛みも弱くなってきた感じだ」

多田が目を開けて、そう言った。

「しばらく、おねんねしててくれ」

「どういう意味だよ？」

「麻酔注射をうったのさ」

「ええっ⁉」

「そっちに騒がれると、畑山に逃げられるかもしれないんでな」

城所は鷹のような目を眇めた。左目だ。

多田が口汚く罵る。城所は冷笑して、立ち上がった。多田の瞼が垂れた。そのまま彼は洗い場のタイルの上に突っ伏した。

城所はメスに付着した血を多田のカーゴパンツで拭い、ベルトの下に挟んだ。

浴室を出て、リビングに足を向ける。居間に入ると、有紀が長椅子から立ち上がった。

間取りは１ＬＤＫだった。

「風呂場にいる男は鎮静麻酔注射で無抵抗状態にさせたよ」

「あなたもドクターなんですね？」

「いまは、もう医者じゃない。自己紹介が遅れたが、城所といいます。小野寺さんには研修医時代に目をかけてもらったんで、今回の事件の調査をしてるんです」

「院長先生には、わたしもよくしてもらいました」

　有紀が無念そうに言った。

　十人並の容貌(ようぼう)だが、いかにも頭は切れそうだった。ブラウスの胸ボタンは、きちんと留(と)めてあった。

「小野寺さんの事件に、徳岡理事長が関わってるかもしれないんですよ」

「ほんとですか⁉」

「間もなく畑山という男が、ここにやって来ることになってるらしい。その畑山が、さっきの男にあなたをレイプするよう頼んだようです。おそらく畑山は徳岡理事長に人員整理に協力してくれと言われたんでしょう」

「こんな卑劣(ひれつ)なことは赦(ゆる)せないわ」

「ええ、当然ですね。あなたは奥の部屋に入っててくれませんか。危険な目に遭(あ)わせるわけにはいかないんで」

「でも、城所さんおひとりでは……」

「大丈夫ですよ、ご心配なく」

　城所は有紀を寝室に引き取らせると、志村一成に電話をかけた。

志村がスリーコールで電話口に出た。

「店に客は？」

「いません」

「なら、ちょっと手を貸してくれ」

城所は手短に経過を語り、有紀の自宅マンションのある場所を詳しく教えた。

「レンジローバー・ディフェンスを飛ばして、すぐそっちに行きます」

「待ってる」

「多田って奴と畑山って男をいつものハウスに連れ込むんですね？」

「そうだ。この部屋では、あまり手荒な真似はできないからな」

「ですね。それじゃ、後で！」

志村が嬉しそうに言って、先に通話を切り上げた。

城所たちは八丁堀の廃ビルを拷問ハウスとして使っていた。ビルの所有者の三兄弟は深町の知り合いだった。三人は遺産相続の配分を巡って、七年も前から係争中らしかった。

六階建ての細長いビルだ。表玄関は固く閉ざされているが、建物の裏から簡単に忍び込むことができた。

かつて音楽スタジオだったビルの一室は、防音装置がそのまま残されている。チームは、その部屋を拷問部屋に使っていた。所有者の三人は、それぞれ地方に住んでいる。廃ビルには、めったに近づかなかった。

城所はスマートフォンを懐に突っ込むと、浴室に引き返した。

多田は寝息を刻んでいた。城所はポウチバッグから、プロポフォールのアンプルを取り出した。やはり、全身麻酔薬だ。

さきほど使ったのとは別の注射器で、二十五ミリグラムの麻酔溶液を吸い上げた。注射針を上に向け、軽くプランジャーを押す。空気を抜いたのだ。

城所は注射器を左手に持ち替え、浴室を出た。玄関ホールの陰に隠れて、ベルトの下のメスを引き抜く。

二分ほど待つと、ノブが回った。

城所は息を殺した。ドアが開き、外廊下の明かりが玄関マットに届いた。

「多田、もう仕事は済んだか?」

畑山とおぼしき男がそう訊きながら、せっかちに靴を脱いだ。城所はメスを握り締めた。すぐ目の前を、ぎょろ目の男が通り過ぎていった。

城所は後ろから忍び寄り、畑山の喉元にメスを寄り添わせた。

「おとなしくしてろ」

「だ、誰なんだ、てめえは!」

「畑山耕次だな？」

「………」

「こっちを怒らせたいのかっ」

「なんだって、おれの名を知ってやがるんだ⁉　多田の野郎、失敗(ドジ)踏みやがったんだな」

「そういうことだ」

「あいつは、多田はどこにいる？　あの男を殺(や)ったのか？」

「あんなチンピラは殺す値打ちもない。風呂場で眠ってるよ。さっき全身麻酔の静脈注射をうったからな」

「静脈注射だって⁉　あんた、医者なんだな。そうなんだろ？」

畑山が前を向いたまま、早口で言った。

「おれの身許(みもと)調査は遠慮してもらおう。そっちは医療ジャーナリストと称してるそうだが、リストラ請負人だなっ」

「なんでえ、それは？」

「織笠たち六人を依願退職に追い込んだな、色仕掛け(ハニートラップ)に引っかけて」

「いったい何の話なんでえ？」

「シラを切る気か。そっちが徳岡に頼まれて、『善光会』のリストラの汚れ役をやってることはわかってるんだ」

城所は、はったり(ブラフ)をかました。

「徳岡さんはよく知ってるが、そんなことを頼まれたことはねえぞ」

「そっちがそのつもりなら、仕方ないな」

「おれの喉を掻(か)っ捌(さば)く気なのか⁉」

畑山の声が裏返った。

城所は何も言わずに、畑山の首の後ろに無造作に注射針を突き立てた。畑山が呻いて、身を捩(よじ)った。城所はメスを皮膚に添わせたまま、一気に麻酔溶液を注(そそ)ぎ込んだ。

効き目は遅いが、痛みが強い。強アルカリ性の溶液で組織壊死(えし)を起こすからだ。といっても、生命(いのち)に別条はない。

「てめえ、なんの注射をしやがったんだ」

「猛毒の農薬さ。そっちは、もうじき死ぬ」

「げ、げ、解毒(げどく)剤はないのか⁉　知ってることは何でも喋るから、おれを救けてくれーっ。頼む、頼むよ」

畑山が半狂乱で喚(わめ)き、へなへなと坐り込んだ。

「死ぬのは怖いか？」

「ああ。まだ死にたくねえよ。お願いだから、早く解毒の注射をうってくれ」

「あいにく解毒剤は持ってない」

「それじゃ、おれはここでくたばることになるのか⁉」

「そうだ。何か言い遺したいことがあったら、いまのうちに喋るんだな」

城所はメスをベルトの下に戻し、冷ややかに言った。

そのとき、畑山が城所の両脚を掬う動きを見せた。城所は半歩退がって、スリッパの先で畑山の眉間を蹴った。

的は外さなかった。

畑山が横倒しに転がり、野太く唸る。倒れたまま、立ち上がろうとしない。声をかけても、返事はなかった。どうやら意識が混濁しはじめたようだ。それから二分ほど過ぎると、畑山は昏睡状態に陥った。

城所はメスと使用済みの注射器をポウチバッグに収め、居間で部屋の主の名を呼んだ。すぐに奥の洋室から、有紀が姿を見せた。

「浴室を少し血で汚してしまったが、二人の男は麻酔で眠らせました。知り合いの男を呼びましたんで、後で二人を別の場所に移します」

「そちらで、男たちを締め上げるおつもりなんですね？」

「そうでもしなければ、口を割らないでしょう。もちろん、これ以上の迷惑はあなたにかけません」

「そんなことは気になさらないでください。それより、一般の市民が犯人捜しをするのは無謀なんではありませんか？」

「その通りだね。しかし、じっとしてられない気持ちなんですよ」

「立って話すのもなんですので、どうぞソファにおかけください」

「それじゃ、遠慮なく」

城所はモケット張りのソファに腰を沈めた。

有紀が向かい合う位置に坐った。

「何か冷たいものでもお持ちします」

「おかまいなく。煙草、喫わせてもらいます」

城所は断ってから、セブンスターに火を点けた。冷房がほどよく効いていた。

「明日、院長先生の告別式ですね。わたしは参列させてもらうつもりですけど、あなたは？」

「顔を出します」

「そうですか。徳岡理事長が誰かを使って小野寺先生を殺させたんだとしたら、とても葬儀には参列できないでしょうね」

「いや、堂々と参列すると思うな。顔を出さなかったら、周りの人たちに不審がられますのでね」

「そうだとしても、ふつうの神経だったら、とても参列することはできないでしょう」

「並の神経の持ち主じゃないんですよ、極悪人どもは」

「そうなのかもしれませんね」

有紀が口を結んだ。

会話が途絶えた。城所は、ひっきりなしに煙草を吹かした。そうでもしなければ、間が保たなかった。火を消した煙草は、すべて携帯用吸殻入れに収めた。

志村が駆けつけたのは八時半ごろだった。ドレッドヘアは、白いスポーツキャップで隠されていた。裏稼業で動くときは、いつも彼はそうしていた。髪型が目立つからだ。

城所は多田の縛めを解いた。それから志村と二人がかりで酔い潰れた知人を介抱している振りをしながら、多田と畑山をドクターの部屋から引きずり出した。

多田のほうは志村のレンジローバー・ディフェンスの後部座席に放り込んだ。畑山はBMWのリアシートに寝かせた。

八丁堀の廃ビルに着いたのは十時過ぎだった。

両隣のビルの照明は灯っていなかった。城所たちは廃ビルの裏手に車を横づけして、多田と畑山を一階の中ほどにある拷問部屋に連れ込んだ。窓はない。

防音ボードの下はコンクリートの厚い仕切り壁だ。通路側のドアを閉めると、部屋の中は真っ暗になった。

志村が手探りで、コールマンのランプに火を点けた。足許が明るむ。

部屋の隅には、石棺に似た液槽がある。ふだんは空だが、悪人を白骨体にするときは、硫酸クロムを注ぐ。

「いつものように逃亡できないようにしよう」

城所は言った。

志村がキャップの鍔を頭の後ろに回し、多田の衣服を乱暴に剝ぎはじめた。城所は畑山の服を脱がせにかかった。どちらも素っ裸にする。

後ろ手に結束バンドで縛り、足首も括った。樹脂製だが、針金よりも切れにくい。

「そろそろ起こしましょう」

志村が言って、ターボライターの炎で男たちの肌を交互に炙りはじめた。

先に悲鳴を放ったのは多田だった。少し遅れて畑山も目を覚ました。

城所はポケットのＩＣレコーダーの録音スイッチを入れてから、畑山の腹にメスを当てた。

「生きてて、よかったな」

「ここはどこなんだ？」

「地獄の入口だよ。徳岡に頼まれて、織笠たち六人を依願退職に追い込んだんだなっ」

「そ、そうだよ」

「御園有紀たち女性職員のリストラも頼まれたんだろ？」

「ああ。医師、看護師、薬剤師、事務員の八人をレイプしてくれって頼まれたんだ。けど、まだ誰も……」

「女たちに悪さをしたら、おまえのシンボルを切断する！」

「それは勘弁してくれ。この件から、もう手を引くよ」

「さて、肝心（かんじん）なことを吐いてもらおうか」

「肝心なこと？」

畑山が問い返してきた。

「院長の小野寺さんを始末してくれって、徳岡に頼まれたんじゃないのかっ」

「お、おれは、そんなこと頼まれちゃいねえよ。嘘じゃない」

「体に訊（き）いてみよう」

城所は畑山の脇腹をメスで浅く裂いた。畑山が凄（すさ）まじい声をあげ、縮（ちぢ）めた体を左右に振った。

「次は目玉を抉（えぐ）る！」

「や、やめてくれよ。おれは、殺しなんかやっちゃいねえって。嘘じゃねえよ。信じてくれーっ。ただ……」

「ただ、なんだ？」

「理事長から小野寺を消してくれそうな殺し屋（プロ）がいないかって訊かれたことはあるよ」

「しかし、紹介はしなかった?」

「ああ。おれは五百万円で、人減らしを請け負っただけなんだ。二十人の職員を辞めざるを得なくなるように追い込んでくれって頼まれたんだよ」

「おっさん、嘘じゃねえな!」

志村が口を挟んだ。

「ほんとだよ」

「おれたちのことを徳岡って野郎に喋ったら、おっさんを殺っちまうぜ」

「理事長には何も言わないよ」

「徳岡には、愛人がいるんだろ?」

「そのあたりのことはよくわからねえな」

畑山が狼狽気味に答えた。志村がターボライターを鳴らした。

「よ、よせ! 銀座六丁目の『アマン』って高級クラブの麻耶ってホステスを囲ってるはずだ」

「そのホステスの自宅は?」

「目黒区の青葉台三丁目にある『青葉台パレス』の一〇〇一号室だよ」

「ありがとよ。念のため、保険を掛けさせてもらうぜ」

志村が二人の男の両手を自由にし、シックスナインの姿勢をとらせた。多田が訝しげに訊いた。

「何をさせる気なんだ？」

「二人で、オーラルプレイをしな」

「男同士で、そんなことやれねえ！」

「おれだって、同じだよっ」

畑山が多田に同調した。

志村が二人の腰に鋭い蹴りを入れる。城所は、寝かせたメスで多田と畑山の体を交互に叩いた。

「やるよ。やるから、もう蹴らねえでくれ」

多田が捨て鉢（ばち）に言って、畑山の股間（こかん）に手を伸ばした。畑山が腰を引き、大声を張り上げた。

「てめえ、頭がおかしくなったのか。いくら何でも、男同士でくわえっこなんかできるかっ」

「やらなきゃ、殺されるかもしれないんだ。おれ、死にたくねえ」

多田が畑山の性器を握り、刺激を加えはじめた。畑山の体は、なかなか反応しなかった。

それでも十分ほど経過すると、わずかに昂（たか）まった。すかさず多田が口に含んだ。

「返礼してやれよ」

城所はICレコーダーを停止させると、畑山の背に軽くメスを滑走させた。

畑山が身を硬直させ、多田のペニスに顔を寄せた。伸ばした舌を閃かせはじめたとき、志村がデジタルカメラの動画シャッターを押した。

二人は一瞬、動きを止めた。

「つづけて、つづけて！」

志村が愉しげにけしかけた。

これで畑山は、徳岡に余計なことは言わないだろう。後で畑山たち二人に麻酔をかけて、江戸川の河川敷に放り出してやるか。

城所はほくそ笑み、ポケットから煙草を取り出した。

2

柩が運び出された。

あちこちで嗚咽が洩れた。いよいよ出棺だった。

城所は小野寺家の門の近くに立っていた。

午後一時過ぎだった。すぐそばに医師の御園有紀がいた。泣き腫らした瞼が痛々しい。

昨夜、江戸川の河川敷に放置した畑山と多田のことはマスコミでは何も報じられなかった。二人は麻酔から醒(さ)めた後、それぞれ自宅に逃げ帰ったのだろう。畑山が徳岡に前夜のことを話したとは思えない。

「あなた、行かないで」

故人の妻が涙声で叫び、柩に取り縋(すが)った。娘の恵美が母親に走り寄って、肩を抱く。

母と娘は手を取り合い、ひとしきり涙にむせた。参列者の涙を誘う光景だった。

人垣の中から、徳岡が歩(あゆ)み出た。徳岡は遺族に何か言葉をかけた。その目は涙で光っている。たいした役者だ。

城所は口の端(はし)を歪(ゆが)めた。

有紀と恵美が柩から離れた。徳岡が二人の肩を抱き、柩を抱(かか)えている男たちを促(うなが)した。

柩が門を出て、霊柩(れいきゅう)車に収められた。

そのとき、人垣の奥から見覚えのある男が飛び出してきた。織笠だった。木刀を手にしている。織笠が徳岡の背後に迫り、いきなり木刀を振り下ろした。

一瞬の出来事だった。制止する余裕はなかった。右肩を打たれた徳岡が路上にうずくまった。

「小野寺院長をこんな姿にさせたのは、きさまなんだろっ」

「何を言い出すんだ⁉」

「われわれ六人に罠を仕掛けたのは、きさまにちがいない」

織笠が木刀を上段に振り被った。

徳岡が顔を引き攣らせ、這って逃げた。織笠が追う姿勢になった。

城所は地を蹴った。織笠に駆け寄って、羽交い締めにする。

「短気を起こすな」

「しかし、このままでは腹の虫が収まりません」

「とにかく、落ち着くんだ」

「徳岡の奴め」

織笠が憎々しげに言った。

城所は織笠をなだめ、ひとまず人のいない場所まで歩かせた。織笠が興奮しきった顔で言い募った。

「徳岡を半殺しにしてやるつもりだったんです」

「なんで、そうまで激昂してるんだ？」

「きのうの晩、徳岡の成城の家に電話をしたんですよ。われわれ六人の退職金をちゃんと払わなかったら、裁判を起こすと宣告してやったんです」

「そうしたら？」

「あの男は、裁判沙汰にしたら、必ず後悔することになるぞと逆に脅しをかけてきたんです」

「それで、頭に血が昇っちゃったのか」

城所は同情を込めて言った。

そのとき、有紀が小走りに走り寄ってきた。立ち止まるなり、彼女は織笠に言った。

「すぐに逃げたほうがいいわ。理事長、一一〇番してくれって喚いてたんで」

「まるで反省の色がないな。もう一度、こいつでぶっ叩いてやる」

織笠が木刀を握り直した。

「駄目よ、そんなことしちゃ。不当解雇に腹を立ててるのはわかるけど、暴力はよくないわ。法的な措置(そち)をとって、正々堂々と闘(たたか)うべきよ」

「徳岡は抜け目のない男だから、遣(や)り手の弁護人を雇って、黒いものも白くしてしまうだろう」

「とにかく、いまは姿を消したほうがいいわ」

「こっちも、そう思うね」

城所は有紀に同調した。

織笠が木刀を釣竿(つりざお)ケースに入れ、小走りに走りだした。その後ろ姿を見ながら、城所は有紀に言った。

「昨夜(ゆうべ)、ぎょろ目の畑山が徳岡に頼まれて織笠さんたち六人を罠に嵌めたことを吐きました。それから、あなたを含めて八人の女性職員を辱めて職場にいられないようにするつもりでいたこともね」

「やっぱり、そうでしたか。織笠さんたちと一緒に徳岡理事長を糾弾してやります」

「必要なら、そのときの音声データをお渡ししますよ。それはそうと、徳岡は火葬場まで行くんだろうか」

「さっき織笠さんに木刀で肩を叩かれたんで、帰る気になったんじゃないかしら？　お抱え運転手さんに支えられながら、ロールスロイスの方に歩いていきましたので」

「そう」

「あら、もうバスに乗り込まないと。城所さんも火葬場まで行かれるんでしょ？」

「いや、ここで失礼させてもらいます」

「そうですか。では、わたしは……」

有紀が葬儀社の用意したマイクロバスに駆けていった。いつの間にか、遺族や近親者たちはハイヤーやマイクロバスに乗り込んでいた。

ほどなく先頭の霊柩車が動きはじめた。後続の車も次々に発進する。

城所は一礼すると、伸び上がってロールスロイスを目で探した。徳岡の車は四、五十メートル先に駐めてあった。徳岡が車の近くに立ち、霊柩車に両手を合わせている。城所はロールスロイスの方に大股で歩きだした。

自分の車は、少し先の脇道に駐めてあった。

葬列の車が走り去ると、徳岡がロールスロイスの後部座席に乗り込んだ。城所は脇道に走り入り、礼服を脱いだ。

汗塗れだった。黒いネクタイも外す。

ＢＭＷのエンジンを始動させたとき、表通りをロールスロイスが通過していった。

城所は車を走らせはじめた。

徳岡を乗せたロールスロイスは近くの目黒通りを横切り、鷹番を抜けて駒沢通りに出た。渋谷橋まで走り、明治通りに入った。

まっすぐ新宿の病院に戻るつもりらしい。城所は、そう思った。

ところが、ロールスロイスは数百メートル先で急に左折した。代官山町と猿楽町を走り抜け、青葉台をめざしている。徳岡は麻耶という愛人のマンションを訪ねる気のようだ。

閑静な邸宅街の外れに、『青葉台パレス』がそびえていた。

十二階建ての高級マンションだった。徳岡はマンションの横で車を降りた。ロールスロイスは、ほどなく走り去った。

黒い上着を腕に抱えた徳岡が、『青葉台パレス』の洒落た玄関に吸い込まれた。オートロック・システムだった。暗証番号を知っている者か、入居者にドアのロックを解いてもらった来訪者しか建物の内部には入れない。

地下駐車場の出入口も、オートシャッターになっていた。やはり、外部から勝手に駐車場には潜り込めない。

ただ一つだけ、侵入する方法があった。

オートシャッターの真下に小石を噛ませておくと、いったん閉まったシャッターはすぐに巻き揚げられる。その隙に潜り込めないこともない。

ただし、そう簡単には侵入できない。警報アラームが鳴りっ放しになるし、出入口の近くには防犯カメラが設置されているからだ。

無理をせずに、しばらく様子を見てみることにした。

城所は車を高級マンションの斜め前の路上にパークさせた。ほとんど同時に、スマートフォンに着信があった。

「わたしよ」

発信者は亜弓だった。美人検事だ。

「こないだは、お疲れさま！　燃え方が激しかったから、翌日は全身の筋肉が痛かったろう？」

「いやあねえ。そんなことより、小野寺さんの告別式にはちゃんと参列した？」

「もちろんだよ。火葬場には行けなかったが……」

城所は、その理由を話した。

「それじゃ、張り込み中なのね？」

「そうなんだ。おおかた徳岡は礼服を脱ぐなり、麻耶とかいう女を組み敷くつもりなんだろう」

「なぜ、そう思うの？」

「人の死に接して性衝動(リビドー)を覚える男は、割に多いんだよ。きっと命の儚(はかな)さを感じて、快楽の世界に溺(おぼ)れたくなるんだろう」

「要するに、死の影を追い払いたいわけね？」

「多分、そうなんだろうな」

「あなたはどうだったの？　柩や喪服を目にして、女性を抱きたいと思った？」

亜弓が問いかけてきた。好奇を露(あらわ)にした声だった。

二人だけのときは、彼女は本音や本心を隠そうとしない。城所には、そのことが嬉しかった。それだけ信頼されていると感じられるからだ。

「おれは起きてる間、ずっと亜弓を抱きたいと思ってるよ」

「それが冗談じゃないとしたら、異常性欲者ね。それはそうと、高輪署の捜査本部の動きをそれとなく探ってみたんだけど、捜査は難航してるようね」

「そうか」

「一つだけ、役立ちそうな情報を摑(つか)んだわ。犯行に使われた高圧電流銃(スタンガン)は、アメリカ製だったそうよ。火傷の大きさと電極の大きさが合致したらしいの」

「その高圧電流銃は市販されてるんだよな？」

「ええ。警備会社なんかが経営してる防犯グッズのお店で誰でも簡単に買えるらしいわ。だから、その線からの割り出しは難しそうね」

「だろうな。徳岡を締め上げたほうが早そうだ」

「そのときは慎重にね。組織のことが露見したら、悪人狩りができなくなってしまうから」

「わかってるよ。亜弓こそ、まさか職場の電話を使ってるんじゃないだろうな？」

城所は念のために訊いた。

「そんなヘマはしないわ。私物のスマホで電話してるんで、安心して」

「さすがは有能な女検事さんだ」

「わざわざ検事の上に女を付けるのは、いかがなものかしら？　フェミニストたちが聞いたら、めくじらを立てるわよ」

「別に女を軽く見てるわけじゃないんだ。まだまだ女性検事の数が少ないから、ついつい女検事という言い方をしてしまったんだよ。気に障ったんだったら、謝る」

「別にわたし個人は、そんな瑣末なことで怒ったりしないわ」

「大人だな。いい女だ。惚れ直したよ」

「そんな調子のいいことを言ってると、エンゲージリングをねだっちゃうわよ」

「ちょっと待ってくれ。亜弓は子供を持つ気がないんで、結婚という形態に拘（こだわ）ってないと言ってたはずじゃないか」

「冗談よ。それじゃ、またね」

亜弓が笑いながら、先に電話を切った。

城所はマナーモードに切り替えてから、スマートフォンをハンズフリー装置にセットした。後部座席の上から黒い長袖シャツと薄茶のスラックスを摑み、車内で手早く着替えをする。ソックスや靴も替えた。

セブンスターに火を点けたとき、スマートフォンが震動した。今度は結婚詐欺師の原からの電話だった。

「二時間ほど前に深さんに特殊メイクをしてやったんですよ。深さん、午後になったら、徳岡に会いに行くと言ってました」

「病院に行っても、徳岡は捕まらないよ。奴は、いま愛人宅にいる。小野寺さんの柩が火葬場に向かうと、徳岡は青葉台の高級マンションに囲ってる女のとこに来たんだ。おれは、いまマンションの前にいる」

城所はそう前置きして、これまでのことを喋った。

「その麻耶って女を人質に取りましょうよ。愛人を押さえれば、徳岡も逃げ回らないと思うな。無理して麻耶の部屋に押し入ることはないでしょ?」

「そうだな。せっかく女殺しの原ちゃんがいるんだから、その手でいくか」

「おれ、これから青葉台に行きますよ。いま、用賀にいるんです。二十分ぐらいで到着すると思います」

原が通話を切り上げた。

城所は深町に連絡を取った。深町も城所と同じように、スマートフォンにドイツ製の特殊盗聴防止装置を付けていた。市販の広帯域受信機では、会話を傍受されることはない。

「はい」

深町が短く応じた。

「いま、病院にいるんですか?」

「ええ。徳岡が小野寺院長の葬儀から戻ったら、理事長室に踏み込む予定です」

「きょうは、もう病院には戻らないかもしれません」

城所は経緯をつぶさに語った。

「念のため、夜まで待ってみますよ。せっかく昔の査察官に化けたんですから。シリコン製の人工皮膚で、顔面が汗ばんでる感じですが……」

「あんまり無理をすると、汗疹だらけになるよ。原ちゃんに徳岡の愛人を人質に取ってもらうことになったんです」

「徳岡を誘き出して、例の拷問ハウスにご招待するんですね？」

「そのつもりです」

「麻耶という女を押さえたら、ご一報ください。わたしも合流しますんで」

深町の声が途絶えた。

それから十五、六分が流れたころ、原のベンツが前方から走ってきた。ベンツはＢＭＷの横を通り抜け、少し先の路肩に寄った。城所の車とは反対側だった。

原が車を降り、のんびりと歩いてくる。ラフな恰好だった。城所も外に出た。

二人はコンクリートの太い電信柱の陰にたたずんだ。

「麻耶の顔は、わかってんですか？」

原が先に口を開いた。

「それが、わからないんだ。もし徳岡がマンションから独りで出てくるようだったら、後で銀座の『アマン』って店に行ってみよう」

「おれの勘だと、女はパトロンをマンションの玄関前まで見送ると思うな。月々、高いお手当を貰ってるんだから、それぐらいは当然のサービスでしょう？」

「しかし、それじゃ、パトロンは無防備だな。玄関先で別れるとこを誰かに見られたら、愛人を囲ってることが一目瞭然じゃないか」

「愛人を囲うような男は、そんなことは気にしませんよ。なんなら、一万円賭けましょうか?」

「ああ、いいよ。原ちゃんは、徳岡と一緒に麻耶が出てくるほうに賭けるんだな?」

「ええ。一万円は、おれのいただきだろうね」

「さあ、それはわからないぞ」

城所は言って、自分の車に戻った。原もベンツに引き返す。

マンションの前に、見覚えのあるロールスロイスが横づけされたのは午後五時ごろだった。

数分後、徳岡が現われた。プードルを胸に抱えた二十四、五歳の派手な顔立ちの女と一緒だった。麻耶だろう。

自分の負けだ。城所は拳でハンドルを打ち据えた。

徳岡がロールスロイスの後部座席に乗り込んだ。初老のお抱え運転手が恭しくドアを閉め、あたふたと運転席に入った。

プードルをあやしながら、女が徳岡に手を振った。カジュアルな恰好だった。出勤時刻まで、間があるのだろう。

ロールスロイスが滑らかに走りはじめた。

女がプードルを路上に下ろした。ゴールドの首輪には、同色の鎖が付いている。愛犬を散歩させる気らしい。

女が犬に引きずられて、こちらに歩いてくる。

城所は、さりげなく女の顔を見た。不自然なほど目が大きく、鼻も高い。おそらく整形美人だろう。女がベンツの脇を通り過ぎると、原がそっと外に出た。

城所も車を降りた。そのとたん、足許から立ち昇ってくる地熱に包まれた。真夏の強烈な陽射しに炙られたアスファルトの路面は、火照りに火照っていた。

麻耶と思われる女はプードルに引っ張られて、二つ目の四つ角を左に曲がった。原が女の後から、脇道に足を踏み入れた。

城所は日陰に入った。

六、七分経つと、愛犬を抱えた女が引き返してきた。原が女にぴったりと身を寄せている。おおかた彼は、女の脇腹にカッターナイフの切っ先を突きつけているのだろう。

女の表情は強張っていた。気のせいか、プードルも怯え戦いているように映った。

「おれの勝ちですね」

原が声をかけてきた。

「約束した金は後で払うよ。連れの女性は麻耶さんだな？」

「そうです。麻耶さんのお宅で、少し涼ませてもらいましょうよ」

「そうするか」

城所はうなずいた。そのとき、徳岡の愛人が城所にこわごわ問いかけてきた。

「あなたたちは何者なの？」

「正義の使者さ」

「ふざけないで。何かパパに、徳岡さんに恨みがあるみたいね？」

「別に個人的な恨みはない。きみには気の毒だが、人質になってもらう」

「パパに身代金を要求する気なの⁉」

「そうじゃない。徳岡に確認したいことがあるだけだ。運が悪かったと思って、おれたちを部屋に入れてもらいたい」

「逆らえないわね、刃物を突きつけられてるんじゃ」

「それじゃ、部屋にご招待願おうか」

城所は、原に目配せした。原が麻耶の背を押す。

麻耶に導かれ、城所たちは十階の一〇〇一号室に入った。エレベーターホールに最も近い部屋だった。城所と原は部屋に入る前に、それぞれ外科手術用の半透明なゴム手袋を嵌めた。

間取りは2ＬＤＫで、家具や調度品はどれも安物ではなかった。

原がプードルを携帯用のラタンのバスケットに閉じ込め、大ぶりのカッターナイフの刃を長く伸ばした。居間だ。

「悪いが、ランジェリーだけになってくれないか」

原が部屋の主に言った。

「あなたたち、わたしにおかしなことを⁉」

「勘違いするな。そっちに逃げられると困るからさ」

「ほんとに、それだけ？」

「もちろんだ」

城所は口を添えた。

麻耶が少しためらってから、半袖の綿セーターとミニスカートを脱いだ。ブラジャーはしていなかった。黒いレースのパンティーだけになると、彼女は胸の前で両腕を交差させた。量感のある乳房が隠れた。

「坐(すわ)ってもいいよ」

城所は涼しげなラタンの長椅子に目を向けた。麻耶が短く礼を言って、長椅子に浅く腰かける。

「おっさんたちは、女に黒いパンティーを穿(は)かせたがるんだよな。あんた、もう徳岡に穿かされた？」

原が訊く。麻耶が原に蔑(さげす)みの眼差(まなざ)しを向けた。

「金が欲しくてパトロンに抱かれてるんだから、もっとくだけてると思ったがな」

「おい、おい」

城所は目顔で原を咎め、麻耶に徳岡のスマートフォンの番号を喋らせた。

原が自分のスマートフォンを取り出し、すぐテンキーに触れた。

城所はスマートフォンを受け取り、耳に当てた。電話が繋がった。

「麻耶さんを人質に取らせてもらった」

「なに!? 誰なんだ、きみはっ」

「自己紹介は省かせてもらう。いま、『青葉台パレス』一〇〇一号室にお邪魔してるんだ。あんたの彼女は、黒いレースのパンティーだけの姿で震えてる」

「麻耶に代わってくれ」

徳岡が悲痛な声で叫んだ。城所は麻耶の耳にスマートフォンを押し当て、パトロンと短い遣り取りをさせた。

「麻耶をどうする気なんだっ」

「あんたがこちらの質問に正直に答えれば、手荒なことはしない」

「何が知りたいんだっ」

「畑山耕次を使った汚いリストラの件だよ」

「あんた、いったい何者なんだ!? そうか、きのう報告がないと思っていたら、畑山がドジを……」

徳岡が言い澱んだ。

「その通りだ」

「やっぱり、そうか」

「畑山の音声は録ってある」

城所は相手に衝撃を与えた。

「仕方がなかったんだ。人員整理をしなければ、病院が潰れてしまうからな」

「そんなことは知ったことじゃない。あんたには、まず依願退職させた六人に正規の退職金を払うという誓約書を認めてもらう。御園さんには三千万円の慰謝料を払え。こっちの要求を拒んだら、手錠を打たれることになるぞ」

「…………」

「何を迷ってるんだ。刑務所暮らしをしたいのかっ」

「わかった。要求は全面的に呑もう」

「いい心がけだ。ところで、あんた、誰かに小野寺院長を始末させたんじゃないのか？」

「何を証拠に、そんなでたらめを言うんだっ」

徳岡が怒声を放った。

「あんたは、畑山に小野寺さんを始末してくれそうな殺し屋がいないかと訊いたはずだ」

「確かに訊いたよ。しかし、心当たりがないと言われたんで、それっきりになってたんだ。わたしは、院長の死には関与してない。それだけは信じてくれ」

「話のつづきは、会ってからにしよう。誓約書と三千万円の預金小切手を持って、午後六時までに来い。あんたが来なかった場合は、麻耶さんを嬲(なぶ)ることになる」

「必ず麻耶の部屋に行くから、彼女には何もしないでくれ」

「急げ！　待ってる」

城所は通話を切り上げた。

3

インターフォンが鳴った。

六時五分前だった。城所は、長椅子から立ち上がろうとした麻耶を手で制した。麻耶が形のいいヒップを長椅子に戻す。

「彼女を見張っててくれ」

城所は原に指示して、玄関に向かった。

ドア・スコープを覗く。来訪者は徳岡だった。淡い灰色の背広を着て、茶色の革のビジネスバッグを提(さ)げている。妙なお供(とも)はいなかった。

城所はドアを開けた。

「麻耶におかしなことはしてないな」

徳岡がそう言いながら、靴を脱いだ。

「約束の誓約書と三千万円の預金小切手は持ってきたな？」

「ああ」

「それじゃ、こっちに来てもらおう」

城所は徳岡の肩口を摑んだ。

居間に入ると、麻耶が涙声で呟いた。

「パパ……」

「怖かったろう？　ごめん、ごめん！　もう心配ないよ」

徳岡が優しく言って、麻耶のかたわらに腰かけた。

居間の窓は青っぽい色のドレープのカーテンで閉ざされている。頭上のシャンデリアは外国製らしかった。

「誓約書と預手を出してもらおう」

城所は、徳岡の前に坐った。

徳岡が膝の上に置いたビジネスバッグのファスナーに手を掛けた。素振りが落ち着かない。

バッグの中に何か武器を忍ばせているようだ。

城所は直感し、ビジネスバッグを両手で押さえようとした。

しかし、間に合わなかった。徳岡がバッグの中から、消音器（サイレンサー）付きの自動拳銃を取り出した。ヘッケラー＆コッホのＰ７Ｍ８だった。

ドイツ製の高性能拳銃だ。アメリカの特殊装備警察部隊の多くがＰ７Ｍ８を採用している。

「ギャングも顔負けだな」

城所は言った。喋ることで、少しでも恐怖心を抑（おさ）えたかったのだ。

斜め後ろに立った原も、大きく深呼吸した。

「パパ、それは本物なの？」

「ああ」

徳岡が麻耶に言って、スライドを引いた。初弾が薬室（チャンバー）に送り込まれる音が小さく響いた。

「撃（う）てるの？」

「もちろん、撃てるさ。ハワイやロスの射撃場（シューティング・レンジ）で何度も実射してるからな」

「二人を殺すつもり？」

麻耶が訊いた。

「場合によってはな」

「それはまずいわ」

「心配するなって」

「でも……」

「こいつらに何かされなかったか？」

「別に、何もされなかったわ。ただ、こんな恰好にされただけ」

「それでも、だいぶ屈辱的だっただろう？」

「ええ、それはね。パパ、わたし、トイレに行きたいの。おしっこをずっと我慢してたのよ」

「それじゃ、こいつらの顔に小便を引っかけてやれ」

「そ、そんなことできないわ」

「やるんだ！」

徳岡が愛人に鋭く命じた。麻耶が無言でうなずいた。気圧（けお）されたのだろう。

「変態らしいな、あんたは！」

城所は毒づいた。

「二人とも床に仰向（あおむ）けになれ」

「妙な遊びにつき合う気はないっ。撃ちたきゃ、撃ちやがれ！」

「けっ、虚勢を張りおって」

徳岡が厚い唇を歪（ゆが）めた。たるんだ頬の肉が醜（みにく）く震えた。まるでブルドッグだった。

城所は左目を眇(すが)めた。

そのとき、空気の洩れるような発射音がした。放たれた銃弾は城所の左肩の上を通過し、背後の大型テレビの画面を砕(くだ)いた。

麻耶と原が相前後して、悲鳴をあげた。

「いまのは威嚇(いかく)射撃ってやつだ。しかし、おまえたちがわたしの神経を逆撫(さかな)でしつづけたら、顔面をミンチにしてやる。早く仰向けになるんだ！」

徳岡が声を荒(すさ)ませ、すっくと立ち上がった。銃口を城所と原に交互に向け、顎(あご)を大きくしゃくった。

「どうする？」

城所は上体を捻(ひね)った。

「ションベン飲まされるのは屈辱的だけど、ミンチにされるよりはいいでしょう？」

「ま、そうだな」

「死んだ気になって、便器になりましょうよ」

原が自嘲(じちょう)的に言って、焦茶(こげちゃ)のウッディフロアに身を横たえた。

「きさまも早く仰向けになれ！」

徳岡が急(せ)き立てた。城所はソファから腰を浮かせ、原の横に並んだ。

「冴(さ)えないことになったな。このことは、霞が関には黙っててくれ」

「わかってますよ」

原が心得顔で言い、親指を立てた。それから彼は、親指をスライドさせる仕種をした。カッターナイフを使うという意味だろう。

城所は目顔でうなずいた。

「おしっこ、床板の下のコルクにまで染み通っちゃうんじゃない？」

麻耶が徳岡に言って、勢いよく立ち上がった。弾みで、二つの乳房が揺れた。椀型だった。乳首は小ぶりだ。

「そんなこと気にするな。臭いが気になるようなら、コルクを張り替えさせるさ」

「そう？　パンティー、どうしようかな。脱がないと、やりにくいと思うの」

「脱いでしまえ」

徳岡が急かした。

麻耶が黒いレースのパンティーを潔く脱いだ。城所は息を呑んだ。

なんと麻耶には飾り毛がなかった。といっても、無毛症ではない。きれいに剃り落とされていた。

しかも、クリトリスには指輪ほどの大きさの銀色のリングが通されていた。セックスパートナーが交わりながら、指でリングを動かすのだろう。

麻耶がコーヒーテーブルを回り込み、ゆっくりと近づいてきた。

赤い輝きを放つ部分は丸見えだった。合わせ目は、わずかに綻んでいる。なんとも煽情的な眺めだ。

恥丘の膨らみが目立つ。マシュマロを連想させた。生々しさに圧倒されそうだった。

「半分ずつ引っかけてやれ」

徳岡が麻耶に声をかけた。

「そんな器用なことはできないわ。女は途中でうまくストップさせられない」

「放尿しながら、隣に移ればいいんだ。素早く立ち上がってな」

「なんか難しそうね」

麻耶が言って、原の胸の上に打ち跨がった。

「本気かよ？」

「ごめんね。運が悪かったと諦めて」

「妙なリングをつけてるね。それ、ぶっ通ってるんだろ？」

原が問いかけながら、右手を自分の腰のあたりに伸ばした。武器を掴み出す気らしい。

「うん、そう」

「痛かったろう？」

「ちょっとね。でも、いまは全然痛くないわ」

「妙な趣味を持ってるんだな、あんたのパトロンは」

「ね、目をつぶって」

麻耶が、ぐっと腰を落とした。

次の瞬間、原がカッターナイフの鞘を麻耶の性器の中に数センチ埋めた。まだ刃は押し出していない。麻耶が声をあげ、腰を浮かす。原が素早く麻耶の腕を掴んだ。

「麻耶、どうしたんだ？」

徳岡が切迫した声で問いかけた。

「大事なとこに変な物を突っ込まれたの」

「変な物？　なんなんだ、それは⁉」

「カッターナイフだよ。おっさん、銃をテーブルの上に置きな」

原が余裕たっぷりに言った。

「き、きさまっ」

「麻耶ちゃんのシークレットゾーンが血みどろになってもいいのかな？」

「汚い手を使いやがる」

徳岡が歯噛みした。隙だらけだった。

城所はコーヒーテーブルの脚を力一杯に蹴った。テーブルの角が徳岡の向こう臑に当たった。

城所は跳ね起き、素早く徳岡に組みついた。すぐに消音器付きの自動拳銃を捥ぎ取り、徳岡を肩で弾いた。徳岡が長椅子に倒れる。

城所はサイレンサーの先端を徳岡の額に押し当て、首を捩った。ちょうど原が麻耶を払いのけ、身を起こしたところだった。

「彼女をトイレに連れてってやれよ」

城所は言った。原が全裸の麻耶を掴み起こし、トイレに導いた。

「悪党だな、あんた」

城所は引き金に指を深く巻きつけた。

「素人に撃てるわけがない」

「甘いな」

「撃つ気なのか⁉」

徳岡の声は震えを帯びていた。

「お望みならね」

「やめろ！」

「小野寺さんの事件には絡んでないって？」

「ああ。電話でも言ったように、わたしは絶対に関与してない」

「あんたは信用できない人間だから、その言葉を鵜呑みにはできないな」

城所は引き金の遊びをぎりぎりまで引き絞った。徳岡の眼球が恐怖で盛り上がった。

　その直後、原が居間に戻ってきた。

「彼女、トイレの内錠を掛けて出てこないんですよ。どうします？」

「放っとけ」

「そうします。おっさん、院長を始末させたことを吐きました？」

「自分は関与してないと言い張ってる」

　城所は言った。

「急所を外して、二、三発ぶち込んでやったら？　それとも、例の場所で少しずつ追い込んでいきますか。最初は爪剥ぎからスタートして、その次は歯を引っこ抜いてやりましょうよ」

「それも悪くないな」

「その前に、ちょっと遊ばせてもらうか」

　原がカッターナイフの刃を数センチ押し出しながら、徳岡の横に立った。蕩けるような笑みを拡げ、彼は切っ先で徳岡の肩口や胸を突きはじめた。

　突かれるたびに、徳岡は上半身をくねらせた。刃の先には、うっすらと血が付着していた。

「誓約書と預金小切手は？」

　城所は訊いた。

「持ってこなかったんだ」

「約束を破ったわけだなっ」

「わたしが悪かったよ。誓約書と三千万の預金小切手は必ず渡すから、勘弁してくれ」

徳岡が怯えた顔で言った。

「話を戻そう。小野寺さんの事件に絡んでるんだろっ」

「その質問には、何度も答えてるじゃないか。わたしは院長殺しには関わってないよ。どうか信じてくれ！」

「まだ信じる気になれないな」

城所は言って、原に合図した。

原がすぐ徳岡の左腕を掴んだ。二の腕にカッターナイフの切っ先が埋まった。

徳岡が乱杙歯を剝いて、長く唸った。上着の布地に赤い染みがにじんだ。

「次はアキレス腱を切ってやるか」

「やめてくれ。わたしは本当に嘘など言ってない」

「どう思います？」

原が問いかけてきた。

「空とぼけてるようには思えないな」

「おれも、そう感じました」

「小野寺さんを殺した奴に心当たりは？」

城所は鋭い目で、徳岡を見据えた。

「まったくない」

「それじゃ、院長室の中を検べさせてもらおう。いいな？」

「かまわんよ」

「ついでに、病院で約束の誓約書を書いてもらう。もちろん、三千万円の預金小切手も用意するんだ」

「わかったよ」

「それから、おれたちに五千万円を払ってもらう」

「そんな大金は払えない。病院の経営は苦しいんだよ」

「愛人を囲ってる男がそんなことを言っても説得力がないな」

「本当に余裕がないんだ」

徳岡が泣き言を口にした。

城所は銃口を下げ、徳岡の太腿すれすれのところに一発撃った。

鮮血が数滴、飛び散った。弾が長椅子を突き抜け、後ろの壁を穿った。

徳岡が甲高い叫びを放った。城所はサイレンサーの先を股間に押し当てた。

「五千万を惜しむ気なら、あんたはシンボルがなくなるぞ」

「撃つな。払う、どんなことをしても五千万は払う！」

徳岡が大声で言った。城所は消音器を浮かせた。

「女に何か保険を掛けといたほうがいいでしょう？」

原が声をかけてきた。

「そうだな。何かいい手があるか？」

「おっさんとセックスさせるのも能がないな。おれが代役を務めてやるか」

「任せよう」

「それじゃ、そいつを貸してください」

「トイレのノブを撃ち砕くのか？」

城所は確かめた。

「脅すだけですよ。ノブを撃ち砕くと言えば、彼女も素直に出てくるでしょう」

「ああ、多分な」

「おれの顔は撮らないでくださいね」

原が麻のジャケットから、デジタルカメラを取り出す。城所はそれを受け取り、自動拳銃を原に渡した。

「麻耶に手を出すなっ」

徳岡が吼えて、長椅子から立ち上がった。

城所は肘打（ひじう）ちを見舞い、ベルトの下のメスを引き抜いた。徳岡がおとなしくなった。

少し経つと、原が麻耶を居間に連れてきた。

「わたしにおかしなことはしないって言ったでしょっ」

「状況が変わったんだよ。悪く思わないでくれ」

城所は言い諭（さと）した。

原がサイレンサー付きの自動拳銃で威嚇（いかく）しながら、麻耶の乳房をまさぐりはじめた。多くの女たちを泣かせてきただけあって、愛撫の仕方は巧（たく）みだった。

原の指が、ひとしきり華麗に動いた。ピアニストのような指遣（づか）いだった。

最初は抗（あらが）っていた麻耶も、やがて息を弾ませはじめた。

原が頃合を計って、銀色のリングに指を潜（くぐ）らせる。

敏感な突起を刺激しながら、残りの四本の指を乱舞させた。いくらも経（た）たないうちに、麻耶が切なげな呻きを洩らしはじめた。

「麻耶、気を入れるな。おかしな声を出すんじゃない！」

徳岡が愛人を咎（とが）めた。

「だって……」

「何だと言うんだっ」

「だって、彼、すっごく上手なんだもの。気を逸（そ）らそうとしても、体が反応しちゃうのよ」

「ふしだらだ。おまえは、わたしを裏切る気なんだなっ」

「そんなつもりはないけど、こんなふうに上手に愛撫されたら、どんな女だって、感じちゃうわ。あうっ」

麻耶が喘ぎ、自ら腰をくねらせはじめた。

「恥知らずめ！ それじゃ、まるで盛りのついた牝犬じゃないか」

「パパ、目をつぶってて。いま、わたしたちは悪い夢を見てるのよ。そう思ってちょうだい。あふっ」

麻耶が裸身をくねらせながら、真後ろに立った原の股間をまさぐった。すぐに原が腰を引いた。

「おれの商売道具に勝手に触れるな」

「商売道具？ あんた、ホストか何かなの？ そうか、それで女の扱いがこんなに巧いのね。そうなんでしょ？ もうたまらないわ」

麻耶が顔を振りはじめた。

眉根は寄せられている。閉じた瞼の陰影が濃い。口は半開きだった。どれも快感の証だ。

「こいつで我慢してくれ」

原が二本の指を沈め、フィンガーテクニックを披露しはじめた。湿った音がエロチックだった。

一分そこそこで、麻耶はエクスタシーに達した。甘やかに唸り、全身を硬直させる。白い内腿には、幾重にも漣が走っていた。

「おしまいだ、これで終わりだぞ。麻耶、わかったな。今月中に、この部屋を引き払え！」

徳岡が子供のように喚き散らした。

城所は振り返って、目に凄みを溜めた。徳岡がうなだれる。

原が指を引き抜き、麻耶から離れた。

麻耶は、その場に尻を落とした。上気した顔は、うつけて見えた。瞳には紗がかかっている。

「あんたほどの美人なら、すぐに新しいパトロンが見つかるさ。シャワーを浴びなよ」

原が優しく声をかけ、麻耶を立たせた。

麻耶は夢遊病者のような足取りで、浴室に向かった。原が照れ笑いをして、ハンカチでゴム手袋の指先を拭った。潤みで、二本の指はぬれぬれと光っていた。

「お抱え運転手は外で待ってるのか？」

城所は徳岡に顔を向けた。

「タクシーで来たんだよ」

「それなら、病院までおれの車に乗せてやろう。ただし、トランクルームだがな。立つんだ」

「わかったよ」

徳岡が立った。

原が歩み寄ってきて、自動拳銃を差し出した。城所はデジタルカメラを返し、P7M8を受け取った。セーフティー・ロックを掛け、メスと一緒に腰の後ろに挟んだ。

城所と原は、まだ手袋を外さなかった。

亜弓を除いて、私刑（リンチ）組織の四人の指紋は警察庁のコンピューターに登録されている。犯行現場に指紋を遺（のこ）すわけにはいかなかった。

城所はシャワーの音を耳にしながら、徳岡と麻耶の部屋を出た。すでに原は外廊下にいた。

三人はエレベーターで一階に降りた。

左の二の腕を押さえた徳岡は観念したようで、逃げる素振りは見せなかった。城所たちは『青葉台パレス』を出た。

「後ろから、くっついていきますよ」

原がゴム手袋を外し、自分のベンツに向かって走りはじめた。あたりは薄暗かった。

城所はＢＭＷのトランクリッドを開け、あたりをうかがった。人の姿はない。

「トランクの中に入れ」

「逃げたりせんよ。助手席か、リアシートに乗せてくれないか」

「駄目だ。何時間も閉じ込めておくわけじゃないんだから、少し我慢しろ」

「言われた通りにするよ。あっ、靴の紐がほどけてる。結ばせてもらうぞ」

徳岡が身を屈めた。

次の瞬間、城所は鳩尾に強烈な頭突きを見舞われた。不意討ちだった。尻餅をついてしまった。徳岡が身を翻す。

城所は、逃げる徳岡を追った。

徳岡の逃げ足は、思いのほか速かった。若い時分は、スプリンターとして鳴らしていたのかもしれない。

城所は懸命に走った。

しかし、距離はたいして縮まらない。前方から黒いワンボックスカーが走ってきた。なぜだか、無灯火だった。

急にエンジン音が高くなった。

と思ったら、鈍い衝突音がした。徳岡の体が撥ね跳ばされ、宙高く舞った。

これは事故ではないだろう。徳岡は故意に撥ねられたにちがいない。

城所は道路の真ん中に立ち塞(ふさ)がった。

徳岡を撥ねたワンボックスカーは、少しもスピードを緩(ゆる)めない。猛然と突っ込んでくる。

城所は身に危険を感じ、道路の端に逃(のが)れた。

ワンボックスカーがハンドルを切って、そのまま迫ってくる。

城所は生垣(いけがき)にへばりついた。ワンボックスカーが走り抜けるとき、助手席から棒のような物が突き出された。とっさに城所は、右腕で払った。足許に落ちたのは木刀だった。殺意は感じられなかった。

助手席にいた者は、アイスホッケーのマスクで顔面を隠していた。体つきから察して、二、三十代の男だろう。

黒いワンボックスカーは風圧を残して、あっという間に闇に紛(まぎ)れた。ナンバープレートを見る余裕はなかった。

城所は路上に俯(うつぶ)せに倒れている徳岡に走り寄った。

頭の半分が消えていた。血の臭いが濃い。すでに息絶えている。

城所は、原のベンツに向かって走った。異変を伝えたら、ただちに現場から遠ざかるつもりだった。

城所は原に徳岡が死んだことを告げると、自分の車に駆け寄った。

ゴム手袋を外して、慌(あわ)ただしくＢＭＷを発進させる。最初の四つ角の暗がりに、男がたたずんでいた。

城所は何気なく男の顔を見た。織笠だった。

ブレーキをかけ、パワーウインドーを下げる。

「織笠さん、こんな所で何をしてるんです？」

城所は声を発した。

なぜだか織笠がうろたえた。何か言いかけ、急に路地の奥に走り去った。なぜ織笠は逃げたのだろうか。

城所はウインドーシールドを上げ、ふたたび車を走らせはじめた。

4

頭の芯(しん)が重い。

二日酔いだった。前夜は『マスカレード』にメンバーが全員揃い、今朝(けさ)の三時近くまで飲んでいたのである。

城所は自宅マンションの居間のソファに腰かけていた。

午後一時過ぎだった。数十分前にベッドを離れ、コーヒーを飲み終えたところだ。

城所たち五人は酒を飲みながら、徳岡が何者かに轢き殺された理由をあれこれ推理してみた。しかし、メンバーの全員がうなずけるような推測は出なかった。

城所は、織笠が告別式のときに徳岡に木刀で襲いかかったことや犯行現場の近くで彼を見かけたことを話した。むろん、織笠が城所の顔を見たとたん、焦って逃げ去ったことも明かした。

その話を聞いてマスターの志村は、織笠たち六人の依願退職者のうちの何人かが謀って徳岡を葬ったのではないかと考えたという。そして、織笠が犯行現場に舞い戻り、徳岡が死んだことを確認したかったのではないかと筋を読んだ。

不当な解雇をされた織笠たちが仕返しする気になったとしても、別に不思議ではない。徳岡の愛人宅を突きとめることも、そう困難なことではないだろう。

仮に織笠たちの犯行だとしたら、どうも釈然としない。なぜ城所にまで牙を剝き、犯行現場に木刀を遺すような間抜けなことをしたのか。

小野寺の葬儀のとき、織笠が徳岡に木刀を浴びせたところを多くの人間が目撃している。現場近くで発見された木刀が織笠の物だとしたら、簡単に足がついてしまう。何者かが、織笠の犯行に見せかけようとしたのではないか。

城所は、そのことを仲間たちに話した。

深町と須賀亜弓が即座に城所の考えを支持する。しかし、志村と原は織笠の怪しい行動に引っかかった。そこで、検事の亜弓が間接的な方法で前夜の轢(ひ)き逃げ事件の捜査状況を探ってくれることになったのだ。しかし、まだ彼女からの連絡はない。

城所は朝刊にも目を通してみたが、事件の第一報には犯人に関する情報は何も載っていなかった。

遠隔操作器(リモート・コントローラー)を使って、居間のテレビの電源を入れる。チャンネルボタンを次々に押してみたが、どの局もニュースは流していなかった。

城所はリビングソファから離れ、奥の寝室に向かった。

十二畳ほどの広さだった。ほぼ中央にセミダブルのベッドが置いてあり、窓側に机と書棚が並んでいる。

城所は、徳岡から奪ったドイツ製の消音器付き自動拳銃を造りつけのクローゼットの奥に隠してあった。残弾は三発だった。救いようのない極悪人たちを射殺する気はなかった。それでは私刑(リンチ)の愉(たの)しみが半減してしまう。

性根(しょうね)の腐った悪人どもに情けをかける気はない。自尊心や誇りをずたずたに引き裂き、できる限りの苦痛を与える。それでも、赦(ゆる)せないときは非情に葬(ほうむ)るしかない。

五人のメンバーは、誰もがそう考えていた。奪った拳銃を棄(す)てなかったのは威嚇に使えると判断したからだ。

城所はベッドに腰かけ、セブンスターに火を点けた。

半分ほど喫ったとき、ナイトテーブルの上でスマートフォンが震えた。就寝前にマナーモードに切り替えておいたのだ。

城所は煙草の火を揉み消し、スマートフォンを掴み上げた。

発信者は亜弓だった。

「どうだった？」

「目黒署に捜査本部が設置されることになったわ。それから、あなたのほかには目撃者はいないようね」

「あのあたりは閑静な高級住宅街で、もともと人通りが少ない。警察は現場近くの路上に落ちてた木刀を押収したのか？」

城所は畳みかけた。

「ええ。その木刀に付着してた指紋から、織笠成芳のものだと判明したのよ」

「彼には前科歴があったのか⁉」

「ううん、前科はないわ。ただ、五年前に運転免許証不携帯で検問を突破したことがあって、そのときに所轄署で指紋を採られたのよ」

「それで、警察庁のデータベースに指紋が登録されてたのか」

「そういうことね。警察は、織笠成芳から事情聴取するそうよ」

「やっぱり誰かが織笠を轢き逃げ犯に仕立てるために、小細工を弄した可能性がありそうだな」

「きっと、そうよ」

　亜弓が言った。

「逃げた車はハイエースワゴンのようだったが、徳岡の体や着衣に加害車輛の塗料片は？」

「いくつも付着してたらしいわ。鑑識係が車の割り出しを急いでるそうだから、じきに特定できるんじゃない？」

「そうだろうな」

「織笠という男を陥れた人間は、いったい誰なのかしら？」

「まるで見当がつかないな。これから、御園有紀ってドクターに会ってみるよ」

　城所は電話を切ると、洗面所に向かった。

　顔にシェーバーを当て、手櫛で長めの髪を整えた。麻の半袖シャツの上に同じ素材の上着を羽織り、ほどなく部屋を出た。

　マンションの地下駐車場からＢＭＷを出すと、ぎらつく太陽が目を射た。外は、いかにも暑そうだった。

　道を行く人々は、一様に顔をしかめている。照り返しも強烈だ。

　城所は冷房を強め、『善光会総合病院』に車を走らせた。幹線道路は、どこも渋滞していた。

病院に着いたのは二時過ぎだった。

一般の外来診療の時間は終わっていた。薬局の待合室にも人影はなかった。

城所は受付窓口のブザーを鳴らし、有紀との面会を求めた。

少し待つと、白衣をまとった有紀が現われた。

「突然、押しかけて申し訳ない」

城所は、まず詫びた。

「いいえ、かまいません。それより、理事長が轢き殺されたことをご存じですか?」

「ええ。実は、その事件に関わりがあることで少し話をうかがいたいんですよ」

「立ち話もなんですので、休憩室に行きましょう」

有紀が案内に立った。

城所は、彼女の後に従った。休憩室は会計室の斜め後ろにあった。休憩室の出入口の横に、清涼飲料水の自動販売機が置かれている。

城所はコーラを二人分買って、休憩室に入った。

二人のほかは誰もいなかった。城所たちは、奥のテーブルに着いた。向き合う形だった。

「どうぞ」

城所は有紀にコーラを勧めた。有紀が恐縮して、受け取った。

「実は昨夜の轢き逃げ現場の近くで、織笠さんの指紋の付着した木刀が発見されたらしいんですよ」

「木刀って、徳岡理事長は車に撥ねられて死亡したはずですよ。えっ、もしかしたら、織笠さんが轢き逃げ犯人だったと……」

「その可能性がまったくないとは言い切れませんが、真犯人が織笠さんの犯行に見せかけたかったんだと思います」

「誰かが織笠さんに罪をなすりつけようとしたってことなんですね？」

「おおかた、そうだったんでしょう。そこで、あなたにうかがいたいんだが、織笠さんは誰かとトラブルを起こしてませんでした？」

城所は問いかけ、コーラを口に運んだ。

「職場では、そういうことはなかったと思います。私生活のことはわかりませんけどね」

「織笠さんは結婚されてるのかな？」

「いいえ、独身のはずですよ。婚約までしてたって話ですけど、なぜだか破談になってしまったそうです」

「彼は癖のある人間なの？」

「いいえ、別に変わり者ではありません。社交的ですし、侠気もありますしね。ただ、一つだけ欠点が……」

有紀が言葉を濁した。

「酒癖が悪いんだな？」

「いいえ。織笠さんはギャンブル好きなんですよ。競馬、競輪、オートレース、競艇と何でもやるんです。お給料を一日で遣ってしまったことも何回かあるようです」

「それじゃ、同僚たちに金を借りることもあったんだろうな」

城所は言った。

「そういうことはあったようです。でも、借りたお金はきちんと返済してたと思います」

「そう。彼と一緒に病院を辞めさせられた五人の連絡先はわかります？」

「ええ、職員名簿がありますから。事務局から借りてきましょうか？」

「そうしてもらえると、とても助かるな。五人にも、織笠さんのことをいろいろ教えてもらいたいと思ってるんですよ」

「少々、お待ちください」

有紀が立ち上がり、急ぎ足で休憩室を出ていった。城所はまたコーラで喉を潤した。

少し待つと、有紀が戻ってきた。職員名簿は、それほど厚くなかった。有紀が名簿を繰って、五人の自宅の住所と電話番号を調べてくれた。城所は必要なことをメモした。

「ありがとう」

「どういたしまして」

有紀が初めてコーラを飲んだ。ペットボトルから唇を離すと、おいしいと呟いた。笑った顔は愛くるしかった。

「ついでに、小野寺さんが使ってた部屋を見せてもらうわけにはいかないだろうか」

「院長室は封鎖されてるんですよ。院長先生の本通夜のあった日に、徳岡理事長が外錠を取り付けさせたんです」

「その鍵は徳岡自身が？」

「多分、そうなんでしょうね。理事長は、院長先生の部屋に何か自分に不都合な書類でもあると考えて、職員たちが勝手に院長室に入れないようにしたのかもしれません」

「不都合って、小野寺さんは内部告発でもする気だったんだろうか」

「具体的なことはわかりませんけど、院長先生と理事長は医療の在り方を巡って対立してましたから」

「病院スタッフなら、理事長室には入れるの？」

城所は訊いた。

「いいえ。ドアの鍵はいつも理事長自身が持っていて、ここにはスペアキーはないんです」

「そうなのか。この病院は、今後どうなるんでしょう？」

「今朝、理事長夫人から事務局長に電話があって、自分が理事長に就任するということを伝えてきたそうです」

「理事長の妻が病院経営を引き継ぐわけか」

「ええ。どこかの大学病院あたりから、新しい院長をスカウトする気なのかもしれません。小野寺院長のようなドクターなら、いいんですけどね」

有紀が残りのコーラを啜った。

ペットボトルが空になったのを潮に、城所は有紀と別れた。車のドア・ロックを解いていると、小野寺恵美から電話がかかってきた。

「何かわかりました？」

「徳岡理事長が先生の事件に深く関わってると睨んでたんですが、振り出しに戻っちゃいました。きのう、徳岡が何者かに轢き殺されたんです」

「わたしも徳岡理事長が亡くなられたというテレビニュースを観て、とても驚きました」

「そうでしょうね」

「父と徳岡理事長の二人が殺されたというのは、どういうことなのかしら？『善光会』で手術を受けた患者さんが、術後の経過がよくなくて逆恨みでもされたのでしょうか？」

「そういうことなら、まず最初に担当の執刀医が命を狙われるんじゃないですか？」

城所は言った。

「父も月に一回は、自分でメスを握ってたはずです」

「先生の担当した患者で術後の経過が悪かったり、死亡した者は？」

「そのあたりのことはわかりません」

「そうですか。それはこちらが調べてみます。ところで、その後、警察は何も言ってこないのかな」

「ええ。母は、このまま事件が迷宮入りしてしまうんじゃないかと気を揉んでいます。城所さん、よろしくお願いしますね」

恵美が切々と訴え、電話を切った。

城所は車の中に入り、エンジンをかけた。車内に冷気が回ってから、御園有紀に電話をする。

有紀の話によると、小野寺自身が執刀した患者たちは揃って術後の経過は良好らしかった。手術ミスで父親が患者に逆恨みされたかもしれないという恵美の推測は、どうやら当たっていないようだ。

城所は一服すると、織笠と一緒に依願退職に追い込まれた五人に電話をかけた。

連絡の取れた相手は四人だったが、織笠が誰かとトラブルを起こしたという話は誰からも出てこなかった。

城所は織笠の自宅に行ってみる気になった。職員名簿に載っていた現住所は、新宿区中井二丁目になっていた。アパート住まいだった。

城所はBMWを走らせはじめた。

目的のアパートを探し当てたのは三時二十分ごろだった。

城所は車をアパートの近くの路上に駐め、織笠の借りている一〇三号室のドアをノックした。

ややあって、化粧合板のドア越しに織笠の声がした。まだ彼は、警察に任意同行を求められていないようだ。

「隣の一〇二号室の縁者です。ちょっとうかがいたいことがありましてね」

城所は作り声で応じた。

ドアが開けられた。城所は室内に入り込み、後ろ手にドアを閉めた。

「あ、あなたは⁉」

「きのう、なぜ逃げたんだ？　あんたが徳岡を轢き殺したんじゃないだろうな？」

「違う、違いますよ」

織笠が首を大きく振った。

「確かな筋から得た情報によると、警察は轢き逃げ現場の近くで、あんたの指紋の付着した木刀を見つけたらしいんだよ」

「ええっ」

「告別式のときに徳岡をぶっ叩いた木刀を見せてくれないか」

「ここにはありません。でも、徳岡を殺ってませんよ。釣竿ケースに入れてあった木刀は、あの帰りに空き地に投げ捨てたんです。誰かがそれを拾って、ぼくに濡衣を着せようとしたにちがいありません」

「木刀を捨てたというのは事実なんだね？」

城所は織笠の顔を直視した。

「ええ、事実です。そのことを証言してくれる人はいないかもしれませんけど」

「きのう、犯行現場の近くに立ってた理由を話してくれないか」

「それは、ちょっと……」

「話さないと、疑惑が消えないぞ」

「言います、言いますよ。実は徳岡が銀座のクラブホステスを囲ってることを調べ上げて、奴が愛人宅から出てくるとこを待ち伏せしてたんです。われわれ六人の退職金をきちんと払えと登山ナイフで脅すつもりでした」

「そのことをこっちに知られたくなかったんで、とっさに逃げる気になったのか？」

「はい、そうなんです。徳岡には頭にきてましたけど、轢き殺すなんて愚かなことはしませんよ」

織笠が城所の目を見ながら、昂然と言った。後ろめたそうな様子は、みじんも感じられなかった。

この男が言ってることは事実だろう。城所は確信を深めた。

「木刀を拾った奴が轢き逃げの犯人か、その仲間だと思います」

「誰か思い当たる奴は？」

「いません。警察は木刀のことで、ぼくを疑ってるのでしょうか？」

「任意の事情聴取はされるかもしれないな。その場合は、登山ナイフのことは伏せといて、それ以外は正直に刑事に話したほうがいいね」

「そうします」

織笠が誓言するように力を込めた。

城所は礼を欠いた訪ね方をしたことを詫び、大股で部屋を出た。

アパートの前の道に出たとき、斜め前に覆面パトカーらしき乗用車が停まった。車内には、二人の中年男がいた。どちらも目つきが鋭かった。刑事だろう。

麻耶に会ってみるか。もしかしたら、徳岡が殺された理由がわかるかもしれない。

城所はＢＭＷに足を向けた。

第三章　謎の脅迫材料

1

青葉台の邸宅街に入った。

そのとき、スマートフォンに着信音があった。スピーカーに設定してある。

城所は耳を澄ませた。電話をかけてきたのは深町だった。

「現職の査察官を装（よそお）って、『善光会』の取引銀行を回ってきました」

「何か収穫は？」

「ちょっと面白（おもしろ）い事実がわかりましたよ。京和（きょうわ）銀行新宿支店の徳岡の隠し口座に、五月と六月に一億五千万円ずつ銀座の清新（せいしん）商事という会社から振り込まれてた」

「清新商事というのは、医薬品の卸（おろし）問屋か何かなのかな？」

「いいえ、そうではありません。高級クラブ『アマン』を経営してる会社です」

「『アマン』といえば、麻耶が働いてる店ですね。深さん、代表取締役の名前は？」

「沖佳寿代(おきかずよ)です。多分、『アマン』のママでしょう」

「清新商事の女社長は、徳岡の愛人だったんだろうか」

「そうなのかもしれませんね。いずれにしても、隠し口座に三億円の入金があったことが少し気になります」

「そうですね。徳岡は誰かを強請(ゆす)ってたのかもしれないな」

城所は言った。

「わたしも、そう直感しました。清新商事の弱みを麻耶から聞き出して、三億円を脅(おど)し取ったのかもしれませんね。あるいは、徳岡は自分の素姓(すじょう)が露見することを恐れて、脅した相手にいったん清新商事の口座に振り込ませたのか。後日、その三億円を沖佳寿代が徳岡の隠し口座に振り込んだとも考えられます」

「そうですね。いま、『青葉台パレス』の近くを走ってるんです。これから、麻耶に会うつもりなんだ」

「織笠のほうは、どうなりました？」

深町が訊いた。

城所は経過をつぶさに伝え、織笠が轢き逃げ事件に関与している疑いがきわめて薄いことを喋(しゃべ)った。

「やはり、そうでしたか。わたしは、これから徳岡の成城の自宅に回ります。現職の査察官の振りをして、恐喝材料の書類や盗撮写真があるかどうか検べてみようと思うんです」

「深さん、無理はしないでね」

「ええ、わかっています」

電話が切られた。

城所は運転に神経を集中させた。いくらも走らないうちに、目的の高級マンションに着いた。

城所は車を路上に駐め、マンションの玄関に急いだ。

集合インターフォンの前に立ち、一〇〇一とテンキーを押す。待つほどもなく、応答があった。麻耶の声だ。

「どなた？」

「きのう、お邪魔した者です」

「ええっ」

「ちょっと教えてもらいたいことがあるんですよ」

「困るわ。いま、忙しいの」

「例の写真をマンションの入居者たちに配ってもいいのかな？」

城所は声をひそめて威した。

「そんなことしないで」

「だったら、オートドアのロックを解除してくれ」

「わかったわ。入ってちょうだい」

麻耶の声が途絶えた。

城所は広いエントランスロビーに入り、すぐに十階に上がった。一〇〇一号室のドアはロックされていなかった。ハンカチをノブに被せて、ゆっくりと回す。

「お邪魔するよ」

城所はローファーを脱いだ。

居間に入ると、麻耶がソファに坐って細巻きのアメリカ煙草を吹かしていた。エメラルドグリーンのミニドレスをまとい、脚を組んでいる。

「もうひとりの彼は？」

「きょうは、こっちだけだ。がっかりしたようだな」

「ちょっとね。きのうの彼、スーパークラスのテクニシャンだったわ。彼の名前と電話番号、教えてもらえないかしら？」

「悪いが、期待には応えられない」

城所はソファに腰かけた。

「あなたも、女の扱いには馴れてる感じね」

「こっちを誘ってるんだろうが、代役は御免だ」

「別に誘惑したんじゃないわ。そんなことより、パパはあなたたちの目の前で轢き殺されたんでしょ？　あなたたちがパパを連れ出して少し経ってから、表が騒がしくなったんで外に出てみたの。そしたら、血を流したパパが倒れてた。びっくりして、腰が抜けそうになったわ」

「だろうな」

「もしかしたら、あなたの仲間がパパを轢き殺したの？」

麻耶が煙草の火を消した。

「おれたちは事件には関わってない。それよりも、刑事が来なかったか？」

「今朝の十時過ぎに来たわ。パパとわたしの関係を誰かに聞いたんでしょうね。パパのことをいろいろ訊かれたわ。でも、あなたたちのことは一言も喋らなかった」

「保険を掛けといたのは正解だったな」

「あんな写真を撮られちゃったんだもの、言いたくても言えないわよ」

「そうだよな。ところで、沖佳寿代という女は、『アマン』のママだね？」

「ええ、そうよ」

「ママも、徳岡の愛人のひとりだったのか？」

城所はセブンスターをくわえた。

「ううん、二人はそんな関係じゃないわ。ママはレズなの。高校生のときに輪姦されたとかで、まったく男は駄目なのよ。三十四だけど、とっても綺麗なんだ。もったいない話よね」

「そうだな」

「なぜママがパパの愛人のひとりだと思ったわけ？」

「そいつは話せない。徳岡が誰かを脅迫してたような気配はあったかい？」

「そんな様子はなかったわね。けど、五月の上旬に徳岡のパパがママにおかしなことを頼んでたことがあるわ」

「どんなことを？」

「節税対策のために、清新商事の銀行口座にいったん隠し金を振り込んでほしいというような話だったわ。そのとき、パパは謝礼に三百万円払うと言ってた。ママは引き受けたはずよ」

「そうか」

「パパは誰かを強請ってたの？」

「そのあたりのことを知りたいんだよ。ほかに何か知らないかい？」

「パパは仕事絡みの話は全然しなかったの。だから、誰に恨まれてたのか、まったく見当がつかないわ」

麻耶が答えた。

「徳岡が何か預かってほしいって言ったことは？」

「何かって？」

「たとえば、書類の写しとかデジカメのＳＤカードといった類のものだよ」

「そういった物は、何も預かったことはないわ」

「そうか」

城所は煙草の火を消した。

「こんなことになって、わたし、まいったわ。あと三年ぐらいパパの愛人をやって、ブティックを開くつもりだったのよ。パパから毎月百万円ずつ貰ってたんだけど、まだ一千万と少ししか貯まってないの。その程度の資金じゃ、とてもオープンは無理よね。ここの家賃はとても自分では払えないから、どこかに引っ越さなきゃ」

「早く次のパトロンを見つけたら？」

「まだ景気が安定してないから、そう簡単には見つからないと思うわ。お店の給料は悪くないけど、美容院代とかタクシー代がばかにならないの。売掛金を倒すお客さんもいるしね。だから、実際に手許に残るお金は案外少ないのよ」

「だろうな」

「あら、やだ！　あなたにこんな愚痴を言っても仕方ないのにね」

麻耶が頭に手をやった。

「ママは、きみのことをどう思ってるのかな？　恋愛の対象と考えたことはないんだろうか」

「わたしに興味はあるみたいよ。お店に入りたてのころは、よく色目を使われたもの。でも、わたしにはレズっ気がないんで、誘いには乗らなかったけどね」

「ママは、どこに住んでるんだい？」

「恵比寿よ」

「この近くだな」

「何なの？　あなた、何を考えてるのよ」

「ママに電話して、この部屋に誘い込んでほしいんだ。そして、寝室のベッドでレズショーを演じてくれないか」

城所は言った。

「マジで言ってるの⁉」

「ああ。徳岡に急死されて心細くてたまらないとか何とか言って、せいぜい沖佳寿代の気を引いてほしいんだ」

「そんなこと、いやよ。女と女がベッドで愛し合うだなんて、考えただけで鳥肌が立っちゃう」

麻耶が不快そうに言い、身を震(ふる)わせた。

「死んだ気になって、協力してくれないか」

「いやよ、絶対に」

「それじゃ、気が重いが、きのうの淫(みだ)らな写真と動画を使うことにしよう」

「ま、待って！　それも困るわ」

「どっちか好きなほうを選んでくれ」

城所はことさら冷然と言い放った。

できれば、このような卑劣な手段は避けたかった。しかし、なんとか沖佳寿代を罠(わな)に嵌(は)めて、三億円の振込人の名を吐かせたいという気持ちが強かった。

「どっちかを選べなんて、そんなの残酷よ。惨(むご)いわ」

「確かにな。しかし、どちらかを選んでもらう」

「どうすればいいのよっ」

「それは、きみが決めることだな」

「負けたわ。ママに電話するわよ」

麻耶が捨て鉢に言って、サイドテーブルの上の洒落(しゃれ)たファッション電話機に腕を伸ばした。

城所は心の咎(とが)めを感じながらも、あえて何も言わなかった。言葉で謝ったところで、良心の呵責から逃れられないだろう。

先方の受話器が外れたようだ。

麻耶が芝居っ気たっぷりに、パトロンに急死されて途方に暮れていると訴えはじめた。

電話の遣り取りは、二十分近くつづいた。

受話器を置くと、麻耶が怒ったような顔で告げた。

「タクシーを飛ばして、すぐ来るって」

「名演技だったな。その調子で、ママをベッドに誘い込んでくれないか」

「怪しまれないかな? だって、わたしにはまるっきりレズっ気がないから、肩に手を掛けられただけでも不快感が表情に出ると思うの」

「ママのことを男だと思うようにするんだな」

「無理よ、そんなこと。ママは男役らしいけど、どう見ても女だもの」

「とにかく、うまくやってほしいな」

城所は口を閉じた。

部屋のインターフォンが鳴ったのは二十数分後だった。麻耶が緊張した顔つきになった。

「こっちは適当な場所に隠れてる。おれのローファーをシューズボックスの中に入れといてくれないか」

城所は言って、奥の寝室に足を向けた。

寝室は十五畳ほどのスペースだった。ダブルベッドがほぼ中央に据え置かれ、右手の壁際には素木のチェストとドレッサーが並んでいる。

チェストの上を何気なく見ると、小型ビデオカメラが置いてあった。

こいつを拝借しよう。城所はビデオカメラを手にすると、クローゼットの中に入った。

三畳ほどのスペースで、引き戸はルーバータイプだった。鎧板の間から、ベッドのあたりがよく見える。

五十着前後の服やコートがハンガーに掛けてあった。原色が少なくない。どれも徳岡に買わせたブランド品だろう。

奥の棚には、三十足あまりの靴が載っていた。上の棚には、帽子の入った化粧箱が見える。

数分が経過したころ、居間から女同士の話し声が聞こえてきた。

「ママ、わたし、なんだか生きていく元気がなくなっちゃった」

「何を言ってるの。若いんだから、ショックになんか負けちゃ駄目よ」

「でも、わたしは徳岡を頼って生きてきたから、独りじゃ心細くてね」

「困ったことがあったら、何でも相談してちょうだい」

「ありがとう。ママにそう言ってもらえると、心強い。わたし、ばかだったわ」

「なんのこと？」

「わたしね、本当は男なんか好きじゃないの。徳岡の世話になったのは、贅沢（ぜいたく）な暮らしをしたかったからよ。子供のころから、ずっと年上の同性に憧（あこが）れてきたんだけど、なんか悪いことのように思えて……」

「麻耶ちゃん、愛にはいろんな形があるのよ。男と女の組み合わせだけじゃないの。女同士や男同士が惹（ひ）かれ合うケースもあるわ。いまだに同性愛に偏見を持ってる人たちがいるけど、決して恥じる必要なんかないの」

「そうよね」

「ええ。わたしのこと、好き？」

「とっても好きよ。でも、ママには甘えられないわ」

「どうして？」

「だって、ママはお店の奈々（なな）ちゃんを愛してるんでしょ？　わたしの入り込む余地なんてない。なんだか悲しいわ」

麻耶がそう言いながら、寝室に駆け込んできた。

すぐに紫色の絽（ろ）の着物を着た美女が、城所の視界に入った。中背で、細身だった。

少し冷たい印象を与えるが、瓜実顔（うりざねがお）で美しい。沖佳寿代だろう。

麻耶がベッドに俯（うつぶ）せになって、静かに泣きはじめた。泣き真似をしているのだろうが、妙に真に迫っている。

　和服姿の女がベッドの横にひざまずいて、麻耶の頭や背中を優しく撫ではじめた。麻耶が一瞬、身を強張らせた。相手に芝居と見抜かれなかったか。

　城所は、ひやりとした。

　だが、佳寿代と思われる女は怪しむ様子は見せなかった。麻耶に添い寝をする恰好で身を横たえた。女は麻耶を背後から抱きかかえ、何か囁きつづけた。そろそろレズプレイがはじまりそうだ。

　城所はデジタルビデオカメラを構えた。

　数秒後、和服の女が麻耶を仰向けにし、素早く顔を重ねた。麻耶が、また体を固くした。

　女は唇を合わせながら、手早く麻耶の衣服やショーツを脱がせた。自分も生まれたままの姿になると、麻耶の上に覆い被さった。

　女は唇を這わせながら、麻耶の性感帯を情熱的に愛撫しはじめた。

　指は巧みに動いた。同性だけに、感じやすい部分を的確に攻める。

　麻耶が喘ぎはじめた。意思とは裏腹に、官能に火が点いてしまったようだ。

　ベッドパートナーは麻耶の上にまっすぐ重なると、裸身を妖しくくねらせはじめた。

　胸をそよがせながら、恥部を擦りつけている。二人の女性のクリトリスは触れ合っているのではないか。動くたびに、女の恥毛がかすかな音をたてた。柔肌と柔肌が触れている痴態は、やはり異様だった。

「リングが当たって、ちょっと痛いわ」

ママらしき女が体をずらした。麻耶が何か言いたげな表情になったが、口は開かなかった。

「徳岡さんに言われて、こんな物をつけたんでしょ。男になんか遊ばれちゃ駄目よ。外しなさいね」

ベッドパートナーが言って、体を器用にターンさせた。

麻耶の顔の上に跨ぐ恰好だった。女が麻耶の性器をほっそりとした指先でソフトに撫で上げ、長く伸ばした舌を敏感な突起に近づけた。

「もうやめて！」

麻耶が大声で叫び、相手を振り落とした。危うく女はベッドパートナーは床に落ちそうになった。

「何なの、急に。危ないじゃないのっ」

「これは芝居なのよ。わたし、女なんか好きじゃない」

麻耶がベッドから降り、脱がされた自分のシルクショーツを抓み上げた。

城所はクローゼットの中折れ扉を勢いよく開けた。

女が奇声を発し、腰を屈めた。薄い胸と股間を手で隠す。繁みは濃い。片手では覆いきれなかった。

「沖佳寿代さんだね、『アマン』のママの？」

「あんた、誰なの⁉」

「事情があって、名乗るわけにはいかないんだ。沖さんでしょ？」

城所は、もう一度訊いた。

相手がうなずき、素早く襦袢を羽織る。すぐに後ろ向きになり、絽の着物をまとった。

「ママ、ごめんね。仕方がなかったのよ」

麻耶が詫びた。

佳寿代は返事の代わりに、麻耶をきつく睨んだ。麻耶が身をすぼめ、ショーツを穿いた。

「騙したことは悪かったと思ってる。あんたに教えてもらいたいことがあるんだ」

城所は佳寿代に言った。白足袋を履きかけていた佳寿代は押し黙っていた。

「さっきのレズプレイは、このカメラで撮らせてもらった。こっちの質問にちゃんと答えてくれれば、映像データは悪用しない」

「何が知りたいの？」

「あんたは五月と六月に、京和銀行新宿支店の徳岡の隠し口座に一億五千万円ずつ振り込んだね。その三億円は、その前に清新商事の口座に振り込まれたはずだ」

「どうして、それを？　いったい何者なの⁉」

「質問するのは、あんたじゃない。このおれだ。動画を流してもいいのか？」

城所は威嚇した。

「そのお金をわたしの会社の口座に振り込んできたのは、医療法人の『あかつき養生会病院』よ」

「『あかつき養生会病院』だって⁉」

「ええ、そう。わたしは口座を徳岡さんに使わせてやっただけ。その病院とは何も関係ないわ」

佳寿代が言った。

『あかつき養生会病院』は、西東京市の外れにある新興の総合病院だ。心臓病や癌などの成人病の治療では、医療業界でそこそこの評価を得ていた。

しかし、経営母体の『あかつき会』は必ずしも評判が芳しくない。病院乗っ取り屋グループだという黒い噂もあった。

現に『あかつき会』は赤字経営の病院を七院も買収し、それぞれを吸収合併する形で数年前に西東京市内にベッド数六百床を超える『あかつき養生会病院』を開院したのである。

無灯火のボックスカーに轢き殺された徳岡は、『あかつき養生会病院』の不正の証拠を握って、三億円を脅し取ったのではないか。そのため、命を奪われることになったのだろう。

「ママ、怒らないで」

麻耶が猫撫で声で言った。

「冗談じゃない。あんたみたいな小娘にコケにされて、にこにこしてられないわ」

「何も悪気があって、ママを騙したんじゃないの」

「あんた、もう馘首よ。とんでもない女だわ！」

佳寿代が麻耶を罵倒し、寝室から走り出た。そのまま足を踏み鳴らしながら、部屋から飛び出していった。

「最悪だわ。パパは死んじゃうし、お店は辞めさせられちゃったし」

「もっと高級なクラブに移るんだな」

「あのママ、店の女の子の悪口をあちこちで触れ回ってるのよ。悪い噂はたちまち広まっちゃうから、もう銀座は無理かもね」

「クラブは、赤坂や六本木にもあるじゃないか」

「そうね。赤坂あたりのクラブで働くことにするわ。それより、お口直しさせて」

ショーツだけの姿の麻耶が歩み寄ってきて、軽く城所の股間に触れた。

「原則として、おれは惚れた女としか寝ないんだよ。せっかくだが、ノーサンキューだ」

城所はそう言い、寝室を出た。

2

前方で人影が動いた。

城所は本能的に立ち止まった。『青葉台パレス』の玄関前だ。

夕闇が濃い。暗がりから、三十三、四歳の男が現われた。ひと目で、暴力団関係者とわかる風体だ。

頭髪をつるつるに剃り上げ、マスタード色のスーツをだらしなく着込んでいる。中肉中背だった。右手首にゴールドのブレスレットを飾っていた。沖佳寿代が筋者に仕返ししてくれと頼んだのだろうか。

城所は気を引き締めた。

丸腰だった。メスも麻酔注射器も、車のグローブボックスの中だ。

「すまねえが、煙草の火を貸してもらいてえんだ」

不審な男が話しかけてきた。

城所は警戒しつつ、懐からライターを取り出した。さりげなく炎の調整バルブを最大にする。

男が口に煙草をくわえ、大股で歩み寄ってきた。なぜか、右手で腹のあたりを押さえていた。匕首を引き抜くつもりらしい。

落ち着け。そうすれば、なんとかなる。

城所は自分に言い聞かせた。すると、不思議に恐怖心は消えた。

「悪いな」

男が足を止め、首を突き出した。その右手が上着の裾に潜った。

城所はライターに点火した。

躍り上がった炎が男の顔を浮き立たせた。男は驚きの声をあげ、反り身になった。

城所はライターを握り込み、ショートアッパーを見舞った。

パンチは顎にヒットした。男は両手を拡げるような恰好で、路面に尻から落ちた。その右手には刃物が光っている。

やはり、匕首だった。刃渡りは十七、八センチはありそうだ。

城所は前に跳び、男の喉笛を蹴った。

男が動物じみた声を発して、後方に引っ繰り返った。匕首が路面に落ち、無機質な音をたてた。

城所は刃物を拾い上げ、切っ先を相手の腹部に突きつけた。

「『アマン』のママに頼まれたのかっ」

「………」

男は何も答えなかった。肘を使って、上体を起こした。

「腸を抉り取ってやろう」

城所は匕首を下げた。

そのとき、背後に足音が響いた。どうやら仲間がいたらしい。振り向く前に、城所は後頭部を蹴られた。

一瞬、脳天が痺れた。次の瞬間、剃髪頭の男に肋骨を蹴られた。

息が詰まった。体を丸めたとき、頭に布袋をすっぽり被せられた。匕首を捥ぎ取られる。

すぐに腕を摑まれ、刃先を肩口に当てられた。

ほとんど同時に、城所は背中に強烈な膝蹴りを浴びせられた。次に腰を蹴られた。躱しようがなかった。

「何を嗅ぎ回ってやがるんだ？」

後ろの男が初めて口をきいた。凄みのある野太い声だった。

「なんのことだっ」

「空とぼけやがって。徳岡のことを調べ回る気なら、いま殺っちまうぞ」

「なるほど、そういうことか。おまえらが徳岡を轢き殺したんだなっ」

「徳岡のことは忘れるんだな」

「あいにく記憶力がいいんだよ、こっちは」

城所は言い返した。

と、前にいる男が何かを掴み上げる気配が伝わってきた。

ライターの着火音が響いた。さっき落としたダンヒルのライターだろう。

「返礼させてもらうぜ」

男が言って、炎を城所の顔面に近づけてきた。

むろん、見えたわけではない。熱さで、それを感じ取ったのだ。

焦げ臭い。布袋が燃えはじめたのだろう。

城所は、被せられた布袋を引き剝がそうとした。ほぼ同時に、またもや後ろの男に頭を蹴られた。城所は転がって、前にいる男の脚を掬った。男が尻から落ちる。城所は布袋を取り、それを後ろの男の顔面に叩きつけた。

男が跳びのいた。

すかさず城所は踏み込んで、相手の腹を蹴った。男がうずくまった。

その直後、もうひとりの男が城所の腰に組みついてきた。城所は大腰で投げ飛ばし、ベルトを引き抜いた。

先に倒れた男が懐から手榴弾を掴み出した。

城所は、さすがに怯んだ。後方に退がる。

その隙に二人の暴漢は逃げ去った。城所はライターを拾い上げ、自分の車に乗り込んだ。

さっきの男たちは『あかつき養生会病院』が差し向けたのかもしれない。東都医大の同期生で、あの病院にスカウトされた者はいないだろうか。

同窓会の幹事をやっている真鍋透なら、知っているかもしれない。

城所は、同期生の勤め先に電話をかけた。

運のいいことに、真鍋は当直で院内にいた。少し待つと、彼が電話口に出た。

「ちょっと教えてくれないか。『あかつき養生会病院』の院長は、確か帝都大病院の外科部のエリートだった男だよな？」

城所は確かめた。

「そう。帝都大病院から引き抜かれて、四十四、五歳で院長になったんだ。鴨下貴規という名だよ。帝都大病院にいたころ、よく論文を発表してたんで、名前まで憶えてるんだ」

「理事長は、別の人間なんだろう？」

「いや、鴨下院長が理事長を兼ねてるんだ。もっとも理事長のほうは、名目だけだと思うがね。何かと評判のよくない『あかつき会』の役員が表に出ると、不都合なことがいろいろ生じるだろうからな」

　真鍋が言った。

「『あかつき会』の会長は、どんな人物だったたっけ？」

「会長の飯塚正太郎は元土建屋だよ。もう七十近い。ひょっとしたら、飯塚はダミーにすぎないのかもしれないいな。いつだったか、医療関係の業界紙に飯塚のインタビュー記事が載ってたんだが、なんか愚鈍な感じだったんだ。質問に対する答えが、ピント外れだったりな」

「なら、ダミーの会長臭いね。そういう男が赤字経営に苦しんでた七つの病院を次々に買収できるとも思えない」

「そうだな」

「おれたちと同期で、『あかつき養生会病院』に引き抜かれた奴はいるかい？」

　城所は訊いた。

「同期には誰もいないな。ただ、三つ下の後輩が東都医大病院から引き抜かれて、一年ほど西東京市の病院で働いてた。でも、いまは開業医の親父さんの手伝いをしてる」

「せっかく引き抜かれたのに、なぜ一年そこそこで病院を辞めちゃったんだろうか」

「内部告発しかけて、解雇されたんだよ。そいつの話によると、『あかつき養生会病院』は医療機器メーカーや製薬会社から多額のリベートを取った上に、接待ゴルフ、高級コールガールの世話までさせて、さらに職員たちの慰労会の勘定(かんじょう)まで払わせてたらしいんだ」

「それは、ひどいな」

「いくら何でも、ひどすぎる。で、後輩は高校時代の級友だった新聞記者にそのことをペンで告発してもらう気になったらしいんだ。ところが、それを事前に覚(さと)られて、巧妙な手で彼は陥(おとしい)れられたんだよ」

「どんな手を使われたんだ？」

「後輩は整形外科医なんだが、投薬量を間違えたことにされたんだよ。患者は数日間、副作用に苦しめられたそうだ」

　真鍋が言った。

「それで、責任を取らされたんだな」

「ああ。気の毒な話さ」

「その後輩に会って、『あかつき養生会病院』のことをいろいろ教えてもらいたいんだ。紹介してもらえないか」

「いいよ。笹平勝将(ささひらかつまさ)という名で、中目黒(なかめぐろ)に住んでる」

「おれ、目黒の青葉台にいるんだよ。さっそく行ってみるか」

「それなら、笹平に電話しといてやろう」

「悪いな」

城所は笹平医院のある場所を詳しく教えてもらい、電話を切った。

すぐＢＭＷを走らせはじめる。十五分そこそこで、目的の医院に着いた。東急東横線の中目黒駅から五百メートルほど離れた住宅街の中にあった。

医院と自宅は棟続きになっていた。

城所は医院の前に車を駐め、インターフォンを鳴らした。すぐに男の声で応答があった。

城所は名乗った。

「あっ、お待ちしていました。少し前に真鍋さんから連絡をいただきました。笹平です。どうぞお入りになってください」

「ありがとう」

城所は笹平医院の中に入った。

待合室に、Ｔシャツ姿の小太りの男が立っていた。笹平勝将だった。

二人は改めて自己紹介し合った。すでに診療時刻は過ぎ、患者の姿はない。

城所は自宅の応接間に案内された。

冷房の涼気が心地よかった。ソファに坐ると、笹平の妻がグレープジュースを運んできた。城所は立ち上がって、彼女に挨拶した。笹平の妻は、すぐに下がった。

「医大時代に先輩を何度かお見かけしてますよ。先輩は、ちょっと目立つ存在でしたからね」

「こっちは申し訳ないが、きみのことは憶えてないんだ」

「ぼくは地味な学生でしたからね。どうか気になさらないでください」

「さっそく本題に入らせてもらう。きみが西東京の病院を去った理由は真鍋から聞いてる。腹立たしかったろうな」

城所は言葉に同情を込めた。自分も似たような苦い想いをしていたからか、笹平の悔しさがよくわかった。

「もちろん、悔しさはいまも消えていません。でも、あの病院を追われて、かえってよかったんでしょう。パブリシティーなどの効果で一般の人たちは、良心的な病院というイメージを抱いているようですが、とんでもない病院でしたから」

「そんなにひどかったのか」

「ええ。あそこに長く勤めてたら、ぼくも堕落した医者になってたでしょうね。実際、いろんな誘惑がありました。医者の良心さえ捨ててしまえば、あの病院は天国だったかもしれません。医療機器メーカー、製薬会社、出入りの葬儀社、クリーニング屋とたかる相手には不自由しませんでしたんで」

笹平が皮肉っぽく笑い、グレープジュースをひと口飲んだ。

「目に余るほどのたかりだったんだね？」

「ええ。鴨下院長が率先して賄賂を受け取っていました。ですんで、各科の部長たちも、公然と出入り業者に金品や接待の要求をしてたんです」

「そう」

「出入り業者にも下心があるんで、どっちもどっちですけどね。そのことには目をつぶるとしても、鴨下院長や多くの医者が医療活動を単なる金儲けと考えてることは赦せません」

「過剰検査や薬漬けで、保険点数を稼いでるんだ？」

城所は訊いた。

「それは序の口ですね。過剰手術を繰り返し、無駄な延命治療をしてたんですよ。しかも患者を強引に一日八万円の特別室に入れ、保険適用外の高度先進医療をつづけて、差額室料、特別看護料、特別給食料などで大儲けしてるんです。ご存じのように、保険治療なら、自己負担限度額を超えた分は免除されます。ただ、保険のきかない医療費やベッド差額代は適用されません。当然、患者の中には高度先進医療費を自己負担しきれなくなって、退院や転院を申し出る方も出てきます」

「だろうね。自己負担額が月に百万、二百万円となったら、ふつうの給与所得者や自営業者はとても払い切れなくなる。その上、入院保険に患者本人が入ってなかったりした場合は……」

「ええ。そんな入院患者の家族に、病院は大口の生命保険に加入すれば、その保険金を担保に金を貸してくれる消費者金融の会社があると耳打ちしてたんです」

「その金で、保険適用外の入院費を払えってわけか。患者が死んで生命保険金が入れば、借金を返済しても、お釣りがくるって説得してるんだろうな」

「その通りです。自分の命を医者にゆだねてる患者や、その家族の立場は弱いものです。つい医者の言いなりになってしまう人たちは少なくないでしょう」

「こっちが麻酔科医だったころも、手術を受ける患者がよく縋るような目を向けてきたよ」

「ぼくも、そういう眼差しを向けられることがありました」

笹平が言った。

「半ば強制的に大口生命保険の契約者にさせられた患者の身内の数は？」

「正確にはわかりませんけど、末期癌患者が三十人前後、重い心臓疾患のある入院患者さんが二十五、六人、脳血栓などで入院してる方が四十人近くいると思います」

「ざっと数えて、合計で九十人以上はいそうだな。大手生保会社の保険に加入してる人が多いの？」

城所はゴブレットを持ち上げた。冷えたグレープジュースは、実にうまかった。

「それが、なぜか準大手の『日東生命』に揃って加入してるんですよ」

「揃って?」

「ええ。おおかた病院は、『日東生命』や消費者金融の会社と結託してるんでしょう」

「それ考えられそうだな。消費者金融の名は?」

「確か『太陽信販』でしたね。本社は四谷だったと思います」

「大手じゃないようだが、その社名はどこかで聞いたことがあるな」

「消費者金融大手五社に次ぐ会社ですよ。若い世代向けの無人契約機のテレビコマーシャルをよく流してる消費者金融です」

「そういえば、消費者金融の無人契約機がやたら増えたな。安直に旅行費用や遊興費を借りられるということで、利用者が急増したんだろう」

「そうみたいですね。しかし、いつの間にか借金の額が多くなって、自己破産に陥るケースも多いようですよ。各社とも定収のない大学生にも平気で貸してるから、ずいぶん無茶な話です」

笹平が憮然とした口調で言った。

「消費者金融は当の大学生から金を回収できなかったら、どうせ親に払わせる気なんだろう」

「最初っから、そのつもりで大学生やフリーターたちに貸してるんじゃないんですかね?」

「おそらく、そうなんだろうな。それだけ、消費者金融業界も余裕がなくなってるんだろう。話を聞いてると、病院、生保会社、消費者金融が結託して、重い病気に苦しんでる人たちを喰いものにしてるようだな」

城所は義憤めいたものを覚えていた。

「事実、その通りなんじゃないですか」

「ほうぼうからリベートや口銭を貰ってる鴨下は、派手な暮らしをしてるんだろうな」

「国立市内の豪邸に住んで、若い愛人を二人も囲ってるって噂ですよ。あんな俗物とは思いませんでした。軽蔑するというより、唾棄すべき男と言ってもいいでしょう」

「病院経営の実権は、『あかつき会』の飯塚会長が握ってるんだろう?」

「対外的には、そういうことになっていますが、飯塚会長は単なるお飾りだと思います。陰にいる実力者が、飯塚や鴨下を操ってるんじゃないのかな」

「その人物に心当たりは?」

「それがないんですよ。病院関係者が、そのことに触れることはタブーになってるんです」

「鴨下や飯塚の写真はあるかい?　あったら、見せてもらいたいんだ」

「病院関係者全員が写ってるミニアルバムがありますよ。三周年記念に、職員たちに配られたんです」

「そのミニアルバムには、職員たちの住所録は付いてないだろうな」

「ええ。でも、アドレスはわかります。いま、取ってきますね」

笹平がソファから立ち、あたふたと応接間から出ていった。

殺された徳岡は、『あかつき養生会病院』が生保会社や消費者金融とつるんで、重病人たちを喰いものにしてることを恐喝材料にしたのだろうか。鴨下をマークしてみよう。

城所は胸底で呟いた。

3

赤いフェラーリは目立った。

鴨下院長の車だ。『あかつき養生会病院』の職員専用駐車場の真ん中に駐めてあった。

病院は西東京市中里（なかざと）五丁目にある。数キロ先は埼玉県の所沢（ところざわ）市だ。

六階建ての白い建物だった。モダンな外観で、各室の窓は大きい。

城所は職員専用駐車場から少し離れた場所にある一般外来者用の駐車場にいた。ＢＭＷのかたわらに立っていた。夕方だった。笹平に会ったのはきのうだ。

城所は午後二時過ぎに、この病院に着いた。入院患者の見舞い客を装（よそお）って、各病棟の面会受付カウンター周辺で人々の話に耳を欹（そばだ）てた。

笹平から聞いた話は、単なる中傷ではなかった。

複数の患者の家族が、過剰医療や保険適用外の高度先進医療の押しつけを非難していた。大口の生命保険に加入することを拒んだら、老父の点滴を外されたと嘆いていた中年女性もいた。

食事を与えられなかったケースは多いようだ。寝返りも打てない重病人が、おむつを丸三日も交換してもらえなかったこともあったらしい。

このような悪辣な病院がパブリシティーで巧みに大勢の患者を集めた事実を知って、イメージ商法の怖さを改めて思い知らされた。

城所は、鴨下院長の顔をすでに見ていた。たまたま回診中の鴨下を目にするチャンスに恵まれたのだ。

多くの医師を従えて病室を回る院長は、いかにも傲慢な感じだった。白衣のポケットに両手を突っ込んだまま、担当医に命令口調で指示を与えていた。

しかし、女性たちには好かれそうな色男だった。知的な容貌で、上背もあった。髪に白いものが混じっていたが、写真よりも実物のほうが若々しく見える。

城所は、鴨下の女性関係の噂も聞けることを密かに期待していたが、さすがに院長の私生活に触れる者はいなかった。

上着の内ポケットの中で、スマートフォンが震えた。

城所は車内に入ってから、スマートフォンを耳に当てた。

「わたしです」

発信者は深町だった。前夜、城所は電話で深町から徳岡宅では何も収穫を得られなかったという報告を受けていた。そのとき、深町に病院と『日東生命』や『太陽信販』との繋（つな）がりを探ってほしいと頼んであったのだ。

「ご苦労さん。『日東生命』と病院の接点はありました？」

「ええ。『日東生命』の常務と鴨下は同じゴルフ場の会員権を持っていました。ゴルフ場のクラブハウスで顔を合わせてたんだと思われます」

「常務の名前は？」

「陣内克明（じんないかつあき）、五十三歳です。自宅の住所は世田谷区下馬（しもうま）六丁目です。陣内の顔写真も撮っておきました」

「そいつは助かるな。『太陽信販』との結びつきも調べてもらえました？」

城所は問いかけた。

「はい。『太陽信販』の門脇良（かどわきりょう）社長は、鴨下院長の義弟でした。門脇は鴨下の五つ違いの妹と結婚したんですよ。門脇は四十五歳で、妻は四十三です」

「『日東生命』と『太陽信販』の最近の年商は？」

「二社とも十年ほど前から、ずっと下降線をたどっていますね。したがって、法人税の納税額もダウンしっ放しです」

「陣内と門脇は少しでも年商をアップさせたくて、鴨下の話に乗ったのかもしれないな」

「おそらく、そうなんでしょうね」

「こっちも笹平から聞いた話の裏付けを取りましたよ。鴨下、陣内、門脇の三人が長期入院患者を喰いものにしてることは間違いない」

「それなら、徳岡はその不正をネタにして、病院から三億円脅し取ったんでしょう。さらに徳岡が金を要求したので、鴨下たち三人は協議の末に、徳岡を消すことに……」

「徳岡は、そのほかにも恐喝材料を握ってたんじゃないだろうか」

「そのほかといいますと？」

深町が先を促した。

「別に具体的な証拠を握ったわけじゃないんですよ。何となくそんな気がしただけで」

「そうですか」

「病院、生保会社、消費者金融が結託して長期入院患者を喰いものにしてたことが公に なったら、大変なことになる。しかし、徳岡にも何らかの弱みはあったと思うな」

「でしょうね。徳岡の弱みを押さえれば、鴨下たち三人も脅迫を突っ撥ねられないこともないんじゃないかな」

「そうだね。徳岡は、とんでもないビッグスキャンダルを握ってたのかもしれません。それが何なのかは、まだ見えてこないんだが」

「大将の勘はよく当たるから、その線もあり得るかもしれませんよ。少なくとも、徳岡は殺されたわけだし。もしも、『善光会総合病院』の小野寺院長殺しも同じ犯人によるものだったら、小野寺院長も、徳岡と同じように鴨下のビッグスキャンダルに気づいたと考えられるんじゃないですか？　同じ病院の理事長、院長が同時期に殺害されたことを考えれば、二つの事件が繋がってるという推測は、あながち現実味がないとは言えません」

「まあ、そうだね」

城所は曖昧な返事をした。

うなずけるだけの根拠はなかった。といって、深町の話を単なるこじつけと笑う気にもなれなかった。

ビルの屋上から投げ落とされた小野寺が鴨下の致命的な悪事に気づいたということもあり得るかもしれない。同じ職業に携わっていたわけだから、少なくとも可能性がゼロとは言い切れないだろう。

「わたしは陣内に少し張りついてみるつもりです」

「それじゃ、原ちゃんか志村に門脇をマークさせるか。こっちは今夜は、鴨下を尾行してみます」

「了解！　何か動きがあったら、報告します」

深町の声が途絶えた。

城所は一服してから、結婚詐欺師に電話をかけた。しかし、原のスマートフォンの電源は切られていた。

まだ六時半を回ったばかりだが、彼は早くもカモをホテルに連れ込んだのか。

城所は六本木のアジトに電話をした。

呼び出し音を長く鳴らしてみたが、志村は電話に出ない。外出しているのだろうか。電話を切ろうとしたとき、志村が受話器を取った。

「はい、『マスカレード』です」

「息が弾(はず)んでるな。二階のベッドに、また誰か引っ張り込んだんだろう?」

「いつもそんなことしてるわけじゃありませんよ。店の前の路地が汚れてたんで、掃除してたんです」

「そうだったのか。今夜は臨時休業にしてほしいんだ」

城所は理由を述べた。

「それじゃ、深さんに電話して、『太陽信販』の本社のある場所を教えてもらいます。もちろん、門脇って社長の特徴もね」

「門脇が接触する人間の顔写真を撮っといてくれ。相手の氏名や職業も探ってくれないか」

「そんなふうな言い方されると、なんか傷ついちゃうな」

「傷つく？　どうして？」

「まるっきりガキ扱いじゃないですか。おれの取柄は体力だけって感じでしょ？　確かに頭はよくないけど、もう二十九ですよ」

志村が不満げに言った。

「男の二十九なんて、まだ小僧っ子だ。大人の男は、そんなことで拗ねたりしないもんだよ」

「言ってくれるなあ」

「それはそうと、門脇の尾行には地味なレンタカーを使ってくれ。そっちの四駆は目立つからな」

「カッコいいな」

「何が？」

「城所さんのそういう喋り方ですよ。なんかシャープな感じで、痺れちゃう。亜弓さんがいなかったら、おれ、本気で城所さんに惚れちゃうんだけどなあ」

「ありがた迷惑だな。原ちゃんはおまえと二人っきりになることを警戒してるぜ。フルコンタクト空手二段の男にバックを狙われたら、逃げようがないからな」

「あの結婚詐欺師、自意識過剰ですよ」

「冗談はともかく、門脇の尾行頼んだぞ」

「まかせてください」

志村が先に電話を切った。

城所はスマートフォンをハンズフリー装置にセットし、セブンスターをくわえた。ひと口喫いつけたとき、亜弓から電話がかかってきた。

「いま少し前に、高輪署に小野寺さんをビルの屋上から投げ落としたという男が出頭したらしいの」

「なんだって⁉　どんな奴なんだ？」

「無銭飲食を重ねてる住所不定の五十男らしいわ。供述が矛盾だらけだというから、きっと身替わり犯よ」

「ああ、おそらくな。真犯人が身替わり犯を出頭させたってことは、自分に捜査の手が伸びてくる不安を覚えたからにちがいない」

「そうなんでしょうね」

「身替わり犯らしき男の名は？」

「中村梅吉よ」

「どうせ偽名なんだろう」

「ううん、本名だそうよ。中村梅吉には、性犯罪の前科があるらしいの」

「そうか。その男は、じきに釈放されるだろう。きみは、そいつを追ってくれないか。中村という男が真犯人とどこかで接触するかもしれないからな」

城所はそう言い、通話終了アイコンをタップした。

それから間もなく、病院から鴨下が出てきた。ひとりだった。薄茶のサマースーツをきちんと着込み、ネクタイも結んでいる。片手に、ブリーフケースを提げていた。

二人の愛人のどちらかと会うことになっているのか。それとも、出入り業者が用意した酒席に顔を出す気なのだろうか。

城所はシートベルトを掛けた。

赤い高級イタリア車が動きはじめた。城所は鴨下のフェラーリが駐車場を出てから、BMWを発進させた。

鴨下の車は東久留米市方面に向かっている。国立の自宅に帰るなら、東村山市から小平市を抜けたほうが近道だ。帰宅前に、どこかに立ち寄る気らしい。

城所は慎重に赤い外車を追った。

ミラーを注意深く覗いたが、気になる車は追尾してこない。鴨下は尾行に気づいていないようだ。

城所は追跡しつづけた。

フェラーリは西東京市を通過し、武蔵野市に入った。鴨下が車を停めたのは吉祥寺本町の外れだった。

眼前には、ほぼ完成した十一階建てのビルがそびえている。外壁は大理石だった。

内装の仕上げにかかっているのか、作業服を着た男たちが忙しく出たり入ったりしている。

鴨下が車を降り、大理石のビルの中に消えた。城所はＢＭＷをフェラーリの三十メートルほど先にパークさせ、ビルまで引き返した。

大きな看板が目に留まった。

城所は看板の前に立った。施主は『あかつきエンタープライズ』と記してあった。その看板の横に、完成図の巨大なイラストパネルが打ちつけられている。

『健康テーマパーク』と銘打たれ、各階ごとにクリニック、人間ドック、フィットネス、エステティック、ラウンジ、京懐石薬膳料理店、リスニングルームなどが設けられていた。会員制の高級ヘルスクラブだろう。

イラストパネルの下には、会員募集案内の貼り紙があった。

会員制度は五つのランクに分けられ、最高ランクの会員の入会金は七百万円、保証金が三千万円となっていた。最も下のランクでも、入会金と保証金で一千五百万円は必要だった。

重病人たちから搾り取った金でこのビルを建てて、リッチマン相手の高級ヘルスクラブでもっと儲けようというわけか。

城所はビルの表玄関の前まで歩いた。

ロビーを見ると、鴨下が七十年配の男と話し込んでいた。『あかつき会』の飯塚会長だった。

城所は二人を睨みつけ、車の中に戻った。

鴨下がフェラーリの運転席に乗り込んだのは九時過ぎだった。各フロアの出来具合を念入りにチェックしてきたのだろう。

ふたたび城所は、赤いイタリア車を追尾しはじめた。

鴨下の車は井の頭公園の横を抜けて、三鷹市新川の住宅街に入った。杏林大学の少し先を左に折れ、小ぎれいな家屋の前に横づけされた。

鴨下が短くホーンを鳴らすと、家から三十歳ぐらいの女が現われた。しっとりとした和風美人だった。切れ長の目が色っぽい。

城所は車を路肩に寄せ、パワーウインドーを十センチほど下げた。

鴨下がエンジンを切り、車を降りた。そのとき、門扉越しに女が言った。

「お車、ガレージにお入れになったら？」

「きょうは国立に帰らなきゃならないんだ。面倒だから、ここでいいよ」

「来る早々、冷たいことをおっしゃるのね。どこかにお寄りになるんでしょ、どうせ」

「おい、おい！　声が大きいよ」

「ご近所の方たちは、あなたとわたしのことをもうとっくにご存じよ」

「千秋、きみが触れ回ったんじゃないだろうな」

「そんな性悪じゃありません」

女が鴨下をぶつ真似をした。

鴨下がにやついて、女の肩に腕を回した。

二人は玄関に吸い込まれた。城所はエンジンを切り、素早く外に出た。門の表札を見ると、堀越と出ていた。千秋の姓だろう。城所は所番地を頭に刻みつけ、あたりを一巡してみた。

誰とも行き合わなかった。

千秋と呼ばれた女の家の前に戻ると、城所は大谷石の塀を乗り越えた。庭木は、こんもりと繁っている。すぐに蚊がまとわりついてきた。城所は手で蚊を追い払いながら、家の中の様子をうかがった。

鴨下は居間のソファに腰かけていた。

千秋がドレープのカーテンを左右から引き寄せた。室内は見えなくなった。

城所は五分ほど時間を遣り過ごしてから、二階家に近づいた。モルタル塗りの外壁に耳を近づける。

居間は静まり返っていた。二人は寝室に引き籠ったのか。

城所は聞き耳をたてつつ、建物に沿って移動しはじめた。

建物を回り込むと、奥の角の浴室から男と女の話し声がかすかに聞こえた。城所は中腰で浴室に近づいた。

足を止めたとき、急に会話が熄んだ。

気づかれたのか。城所は少し緊張した。しかし、思い過ごしだった。浴室の小さな通風孔から、唇を吸い合う音が生々しく洩れてきた。

湯の音も小さく響いてくる。鴨下は湯船の中で、愛人の唇を貪っているらしい。

千秋と思われる女が、くぐもった呻き声を洩らした。鴨下が性感帯を刺激しはじめたのだろう。

少し経つと、女が驚きの声をあげた。

「えっ、お風呂の中で⁉」

「久しぶりに、いいじゃないか。ほら、早く膝の上に腰かけてくれ」

「なんだか恥ずかしいわ」

「ほら、おいで」

鴨下が千秋を引き寄せる気配が伝わってきた。

千秋が短く呻いた。鴨下が性器を千秋の体内に突き入れたにちがいない。

家の中に押し入って、鴨下を締め上げよう。城所は建物の裏手に回った。

そのとき、暗がりの奥で犬が身を起こした。唸り声をあげ、けたたましく吼えはじめた。

城所は、ジャーマン・シェパードだった。犬は鎖に繋がれていた。

城所は、ひとまず胸を撫で下ろした。

その瞬間、大型犬が跳躍する。鎖が張り詰め、軋み音をたてた。

邪魔が入った。城所は走りだした。

ガレージの横を抜け、外に飛び出す。門扉には素手では触れなかった。肘で押し開けた。

BMWに乗り込んだとき、不意に閃光が闇を白く染めた。五、六メートル離れた路上にカメラを持った男がいた。

その顔には、見覚えがあった。小野寺博和の仮通夜の晩に、弔問客たちをこっそり撮っていた男だった。

城所は車を降りた。

男が背を見せた。先夜と同じく、おそろしく逃げ足が速い。瞬く間に、男の姿は闇に紛れた。

城所は諦め、自分の車に駆け戻った。

シェパードは吼えつづけている。懐中電灯を手にした鴨下が、家の中から飛び出してきた。

城所はシフトレバーをR(リヴァース)レンジに入れ、アクセルペダルを踏みつけた。後ろの通りまで勢いよくバックし、すぐに車首を三鷹駅の方向に切り替えた。

もう堀越千秋の家には接近できない。女性専科の原に千秋に接近してもらうか。

城所は徐々に加速していった。

ステアリングを捌(さば)きながら、左右の暗がりを透(す)かして見た。だが、怪しい男の姿はなかった。

4

千秋が花屋から出てきた。

買ったばかりの観葉植物の鉢を抱えている。三鷹の駅前商店街だ。次の日の午後五時過ぎである。

「頼むぞ」

城所は原の肩を叩いた。

原が顎(あご)を引き、小走りに走りだした。そのまま彼は、千秋にぶつかった。

千秋がよろめき、抱えていた鉢を足許に落とした。鉢は砕け、黒土と腐葉土が飛び散った。

「すみません、ちょっと急いでたもんですから」

原が千秋に詫び、割れた鉢を道の端に手早く片づけた。千秋が観葉植物を抓み上げ、肩を落とした。

「弁償します。これと同じものを買ってきますので、ここでお待ちください」

「いいんですよ、弁償なんかしていただかなくても。わざとぶつかってきたんじゃないんですから」

「しかし、このままでは申しわけない」

原が言って、花屋に走り入った。千秋が困惑顔で原を追う。

城所は物陰に隠れたまま、にんまりした。

変装用の黒縁の眼鏡をかけ、前髪を額いっぱいに垂らしていた。昨夜、鴨下には顔を見られてはいないはずだ。

しかし、不審な男に写真を撮られてしまった。それで用心する気になったのだ。

今朝の深町の電話報告によると、日東生命の陣内常務は前夜九時半に会社を出て、そのまま世田谷区内の自宅にまっすぐ帰ったらしい。深町は午前零時まで陣内邸の前で張り込んでいたそうだが、来訪者はいなかったという。

志村から連絡があったのは、きょうの午後一時過ぎだった。

『太陽信販』の門脇社長も、きのうの晩は十一時過ぎには駒場(こまば)にある自宅に戻り、それから一歩も外に出なかったらしい。

亜弓から電話がかかってきたのは午後一時半ごろだった。

やはり、高輪署に出頭した中村梅吉は前夜のうちに釈放されたという。亜弓は変装し、中村を尾行したらしいが、何も収穫は得られなかったそうだ。ただ、中村が新宿のカプセルホテルに春先から泊まりつづけている事実は掴んだらしい。

深町、志村、亜弓の三人は、今夜もそれぞれマークした男たちを尾行する手筈(てはず)になっていた。

うまく堀越千秋を人質にできたら、鴨下を拷問ハウスに連れ込んで痛めつけるつもりだ。

城所はセブンスターに火を点けた。

ちょうど一服し終えたころ、花屋から千秋と原が現われた。千秋はカトレアの花束を抱えていた。原は観葉植物の鉢を持っている。

「こんなにたくさんお花をいただいて、かえってご迷惑をかけてしまったわ」

「お宅まで車で送りましょう。すぐ近くに、車を駐めてあるんですよ」

「でも、歩いて帰れる距離なんです。それに、何か急用がおありだったんでしょ？」

千秋が言った。

「仕事は後回しでいいんです」

「それはよくないんじゃありません？」

「いいんですよ。さ、遠慮なさらずに」

原が軽く千秋の背を押した。

押すというよりも、肩胛骨（けんこうこつ）の縁（ふち）を撫でるような感じだった。フィンガーテクニックの一つなのだろう。そのあたりが性感帯だという女性もいる。

「よろしいんですか？」

「送らせてください」

「それでは、お言葉に甘えさせてもらいます」

「きょうはハッピーです。あなたのような美しい方とこうして知り合えたのですから」

「お口がお上手ですのね」

「そんなふうに言われると、悲しくなるな。子供っぽいと笑われるかもしれませんが、わたしは人と人との出会いにはいつも何か運命的なものを感じてるんですよ」

原は澱（よど）みなく喋りながら、千秋を数十メートル先の路上に駐めてあるベンツに導く。

千秋の足取りに、ためらいは感じられない。鴨下に囲われている彼女は物質面では恵まれていても、やはり心の充足感には飢（う）えているのではないか。

原が先に助手席に千秋を坐らせてから、あたふたと運転席に乗り込んだ。

すぐにベンツは走りだした。城所は自分の車に乗り込み、ベンツを追った。五、六分で、千秋の家に着いた。

原は大谷石の塀の際（きわ）にベンツを停めた。城所は、かなり後方で徐行運転中だった。原は千秋とともに、家の中に入っていった。

さすが結婚詐欺師だ。車の中で、女心をくすぐりつづけたのだろう。

城所はアクセルペダルを少しずつ踏み込んでいった。千秋の家の前を走り抜け、七、八十メートル先でBMWを停止させた。

敷地の広い邸（やしき）の横だった。冷房を強める。

千秋を押さえたら、原が電話をしてくる段取りになっていた。

煙草をゆったりと喫った。だが、スマートフォンの着信音は鳴らない。

十分が過ぎ、二十分が流れた。

原は千秋を抱くつもりなのだろう。

城所はシートを倒して、両脚を伸ばした。

三十分が経っても、原から連絡はなかった。まだ情事に耽（ふけ）っているのだろうか。そうではなく、何か異変があったのか。

城所は、原のスマートフォンを鳴らした。

「あっ、エマちゃんだね。きょうは都合が悪くなったんだ。ごめん！」

原が一方的に喋って、電話を切った。〝エマちゃん〟というのは、エマージェンシーを意味する暗号だった。

城所は車のエンジンを切った。

グローブボックスからメスと手製の麻酔ダーツガンを掴み出し、ベルトの下に突っ込んだ。両手にゴム手袋を嵌める。

城所は車を降りると、千秋の家の真裏の家まで走った。

数寄屋造りの大きな邸宅は、ひっそりとしている。雨戸が閉まっていた。

一家で、避暑地の別荘に出かけているのか。あるいは、家族で海外旅行でもしているのかもしれない。

念のため、門柱のチャイムを押してみる。やはり、応答はなかった。

城所は左右を見た。

路上に人影はない。向かいの家も、留守らしかった。門は洒落た引き戸だった。錠は掛かっている。

横木の間に手は入らない。城所はメスを使って、横木を一本断ち落とした。隙間に右手を突っ込み、内錠を外す。

城所は引き戸をそっと開け、邸内に忍び込んだ。

左手の庭には築山(つきやま)と池があった。

庭を突っ切るのは危険だ。隣家の者に見られる心配があった。

城所は右手に走り入った。

家屋と塀(へい)の間を通り抜け、千秋の家の裏庭に近づいた。境界線のコンクリート製の万年塀の上から、裏庭を覗(のぞ)き込む。

茶と黒のぶちのジャーマン・シェパードが木陰に寝そべっていた。前夜、吼えたてた大型犬だ。鎖に繋がれている。

城所は麻酔ダーツガンを取り出した。

空気圧縮式で、ダーツに直結しているアンプルには筋肉注射用の塩酸ケタミンの溶液が入っていた。一ミリリットルに、およそ二十ミリグラムの麻酔薬が含まれている。

「二時間ほど昼寝をしててくれ」

城所は麻酔銃の引き金を絞った。

ダーツは犬の首筋に命中した。ジャーマン・シェパードが反射的に身を起こした。低く唸りながら、ぐるぐると回りはじめた。

それでも、アンプル付きの矢は振り落とせなかった。鏃(やじり)には鋭い返しが付いていた。

少し経つと、大型犬の前肢(まえあし)ががくりと折れた。そのまま前にのめるような恰好で、ジャーマン・シェパードは地べたに伏した。城所は手製の麻酔銃に新しいダーツ弾を装填(そうてん)し、ベルトの下に戻した。単発式だった。

城所は万年塀を乗り越え、千秋の家の裏庭に降りた。シェパードの首筋からダーツ弾を引き抜き、庭木伝いに少しずつ家屋に忍び寄る。テラスに近寄りかけたとき、サッシ戸越しに男の怒鳴り声が聞こえた。

「仲間をここに呼ばなきゃ、てめえをぶっ殺すぞ」

「な、仲間なんかいないよ」

原の声だった。

「しぶとい野郎だな。電話をしてきたのは、仲間だろうがよ！　そいつに電話して、ここに来るように言うんだっ」

「何度も同じことを言うなよ。仲間なんかいないし、そこにいる女性におかしな真似をする気なんかなかったんだ」

「ふざけんじゃねえ。てめえは彼女をいきなり抱き締めて、キスしたじゃねえか。おれは、この目でちゃんと見た」

「あれは、ちょっとした悪ふざけだったんだ。本気で彼女を力ずくでレイプしようだなんて考えてたわけじゃない」

「てめえ、おれをなめてやがるな」

男がいきなり立ち、原を蹴りつける音がした。

城所は這ってテラスに近寄った。白いレースのカーテンの向こうに、例の剃髪頭の男が見えた。二度目に麻耶のマンションを訪れたときに襲ってきた男だ。

そのかたわらに立っているのは、千秋だった。おそらく鴨下が、剃髪頭の男に千秋のボディガード役を命じたのだろう。

原は床に坐らされていた。

麻の上着には、点々と血痕が散っている。殴られたときに、うっかり自分の唇を嚙んでしまったのだろう。

城所は浴室のある方に回り込んだ。

台所のごみ出し用のドアは、ロックされていなかった。少しずつドアを開け、城所は家の中に入り込んだ。

土足のままだった。麻酔ダーツガンを構えながら、抜き足で奥に進む。

ダイニングキッチンを出ると、廊下があった。その先にリビングルームがある。居間のドアは半分ほど開いていた。

城所は抜き足で居間まで歩いた。

ドアの隙間から、頭髪を剃り上げた男の後ろ姿が見えた。わずか三メートル前後しか離れていない。

城所は狙いをつけて、麻酔ダーツ弾を放った。矢は、男の首の後ろに突き刺さった。

男が首に手を当て、体を反転させる。

「て、てめえ！」

城所は麻酔銃を左手に持ち替え、メスを引き抜いた。

「また会ったな」

千秋が驚きの声をあげ、逃げようとした。

すかさず原が千秋の腰に組みつく。二人は床に倒れた。

「きょうこそ、ぶっ殺してやる！」

剃髪頭の男が羆のように両腕を高く掲げ、猛然と挑みかかってきた。

城所はメスを一閃させた。

空気が鳴った。威嚇だったが、男は体を竦ませた。城所は前に跳んで、相手の下腹を蹴り込んだ。靴の先が、だぶついた腹に深く埋まる。

男が膝から崩れた。しばらく呻いていたが、やがて意識を失った。麻酔薬が効いたのだろう。

ほどなくアンプルが空になった。

ダーツ弾を乱暴に引き抜く。血の粒が飛んだ。

「ずいぶん派手にやられたな」

城所は、原の腫れた顔に目をやった。

鼻血で口許が汚れている。切れた下唇は、まるで鱈子だ。

「助かりましたよ。電話がかかってこなかったら、こいつに半殺しにされてただろうな」

原が千秋の上にのしかかったまま、倒れた男の太腿を憎々しげに蹴った。

「女と戯れはじめたら、剃髪頭が現われたんだな？」

「そうなんですよ。この家には誰もいないと思ってたから、びっくりしました」

「だろうな。もう押さえなくてもいいだろう」

城所は原の肩を軽く叩いた。

原が立ち上がり、千秋の上体を引き起こした。

「鴨下の世話になってる堀越千秋さんだね？」

城所は穏やかに問いかけた。

千秋が横を向いた。城所はメスの先で、千秋の項を撫でた。美しく整った顔が引き攣った。

「返事をしないと、怪我することになるよ」

「あなたの言った通りよ。乱暴なことはしないで」

「剃髪頭の男は何者なんだ？」

「よく知らないわ。鴨下さんがわたしのために、ここに寄越したの」

「名前は？」

「小沼さんよ。下の名までは知らないわ」

「家に押し入ったことは悪いと思ってる。あんたを人質に取る必要があったんだ」

「人質⁉」

千秋が声を裏返らせた。

「そうだ。清瀬の病院に電話してくれないか」

「なぜ、わたしを人質に？」

「鴨下に会って、どうしても訊きたいことがあるんだよ。早く電話をしてくれ」

城所は急かした。

千秋が立ち上がって、サイドボードに歩み寄った。固定電話は、そのボードの上にあった。原がゴム手袋を嵌めてから、小沼のポケットを探りはじめた。男の正体を調べる気になったのだろう。

城所は千秋の横にたたずんだ。

千秋が馴れた手つきで、タッチ・コールボタンを押した。ダイヤルインらしかった。

先方と繋がると、千秋は一息に喋った。

「わたしよ。大変なことになったの」

「静かにしててくれ」

城所は千秋の首筋にメスを寄り添わせ、受話器を奪い取った。

「千秋、どうしたんだ。おい、何があった？」

「鴨下貴規だな？」

「誰だっ。何者なんだ？」

「強請の相続人さ」

城所は言った。

「何を言ってるんだっ。わけがわからんな」

「『善光会』の徳岡理事長に代わって、そっちを強請る気になったんだよ」

「わたしは誰かに強請られるようなことはしてない。言いがかりをつけるのはやめたまえ」

鴨下が気色ばんだ。

「こっちは、徳岡が握ったあんたの弱みを知ってる」

「弱みって、何のことだ？」

「切札は、そうやたらに見せられない。そうだろう？」

「わたしを甘く見ると、後悔することになるぞ」

「徳岡と同じように、おれも消すってわけか」

「何か思い違いをしてるようだな。徳岡なんて男とは会ったこともない」

「シラを切り通す気なら、あんたの病院が『日東生命』の陣内常務や『太陽信販』の門脇社長と結託して、長期入院患者たちを喰いものにしてることをマスコミに流す」

城所は、瀬踏みするような気持ちで言った。

短い沈黙があった。鴨下の狼狽がありありと伝わってきた。

「何か言ったら、どうなんだっ」

「陣内さんはよく存じ上げてるし、義弟の門脇ともちょくちょく会ってる。しかし、その二人と何かを謀ったことなどないっ。長期入院患者を喰いものにしてるとか言ってたが、具体的にはどういうことなんだね？」

「会ったとき、詳しく説明してやろう。いまから一時間以内に、ひとりでここに来い。来なかったら、あんたの愛人は無事では済まないぞ」

「女を人質に取るなんて、卑怯じゃないか！」

「自慢できるやり口じゃないが、徳岡みたいにあっさり殺されたくないからな」

「千秋に手荒な真似はしないでくれ。必ず行くよ。ただ、すぐには行けない」

「なぜなんだ？」

「わたし自身が執刀しなければならない大きな手術を控えてるんだよ」

「時間を稼いで、荒っぽい連中に泣きつくつもりだな」

城所は薄く笑った。

「そんなんじゃない。先天的に心臓に疾患のある五つの女の子のバイパス手術があるんだよ」

「別にあんたじゃなくても、バイパス手術はできるだろうが」

「しかし、その種の手術をたくさん手がけた医師はいないいんだよ」

　鴨下が喰い下がってきた。

「あんたの要求は呑めない」

「まだ五つの子供が死ぬことになるかもしれないいんだぞ。きみだって、人の子だろっ」

「善人ぶるんじゃない。一時間だけ待ってやる」

　城所は受話器をフックに叩きつけた。

　鴨下の話が事実だとしても、彼以外の医師でも手術は可能だろう。そして、手術は成功するにちがいない。

　原が話しかけてきた。

「剃髪頭の男、名刺も運転免許証も持っていませんでしたよ。でも、刺青を入れてますんで、どっかの組員でしょう」

「麻酔が切れたら、少し痛めつけてやろう。鴨下には一時間以内に来いと言ってあります」

「来ますかね？」

「おそらく、刺客を差し向けるつもりなんでしょう。しかし、こっちは弾避けを確保してあるんだ。びくつくことはないと思うな」

城所は千秋を見ながら、そう言った。

「彼は、必ず来るわ。もちろん、ひとりでね。だから、もうわたしを自由にしてちょうだい。鴨下さんが何をしたのか知らないけど、わたしには関係ないことでしょ？　弾避けにされたんじゃ、たまらないわ」

「人間には、運のいい奴と悪い奴がいる。あんたは、どうやら運が悪いらしいな」

「冷血漢！」

千秋が唾を吐いた。唾液が胸のあたりを汚したが、城所は相手にならなかった。

「なんて女なんだっ」

原が目を吊り上げた。

城所は目顔で窘めた。原が小沼の革ベルトを引き抜き、それで千秋の両手首を腰の後ろで縛った。城所は千秋から離れた。

そのとき、千秋が後ろ足で原の向こう臑を蹴った。原が顔を歪めながら、千秋を突き飛ばした。千秋はソファにぶつかって、横倒しに転がった。逆上した原が、千秋に走り寄った。

「女を殴るのは感心しないな」

城所は言った。

「殴ったりしませんよ」

「犯す気か？」

「そうじゃありません。お仕置きに、ちょっと甘い拷問ってやつをね」

原が千秋の上半身を抱き起こし、ワンピースの胸元に手を滑らせた。城所は微苦笑した。

「やめて、やめてちょうだい」

千秋が身を捩った。

原は愛撫の手を休めなかった。乳房全体をまさぐりながら、千秋の首筋や耳に息を吹きかけつづけた。

千秋はひとしきり小さく抗っていたが、次第におとなしくなりはじめた。原が右手をスカートの中に潜らせると、千秋は切なげに目を閉じた。

城所はソファに腰かけ、セブンスターをくわえた。

千秋が息を詰まらせ、圧し殺した呻き声をあげるようになった。さらに千秋が昂まると、原は急に指の動きを止めた。

焦らしのテクニックだ。千秋の喘ぎが熄むと、また原は指を躍らせはじめた。同じことが十数回は繰り返された。

「いつまで焦らす気なの？」

千秋がもどかしがった。

「鴨下が来るまでさ」

「その前に、奥の部屋に行きましょう? いいでしょ?」

「あんたとセックスする気はない。これは、リンチの一種なんだ」

原が冷ややかに言い、またもや千秋の体を粘っこく弄びはじめた。

数分後、玄関ホールでかすかな足音がした。抜き足だった。

城所は気を引き締めた。

刺客がやって来たにちがいない。城所はそっとソファから腰を浮かせ、目顔で原を呼んだ。原が怪訝そうな顔で、何か喋りそうになった。慌てて城所は自分の唇に人差し指を押し当て、原を手招きした。

原が歩み寄ってきた。

そのとき、宙を飛んでくる黒っぽい物体が見えた。手榴弾だった。

城所は原の腕を引っ張りながら、ダイニングキッチンに飛び込んだ。ほとんど同時に、居間で炸裂音がした。

爆風と赤い閃光が走り、家全体が揺れた。

食器棚のガラスが激しく鳴った。爆煙がダイニングキッチンに流れ込んできた。

「刺客が手榴弾を居間に投げ込んだんだ」

城所は原に言って、居間を覗いた。

小沼と千秋は血塗(まみ)れで転がっていた。ソファは横に転がり、炎に包まれていた。

「原ちゃん、退散しよう」

城所は震えている結婚詐欺師の腕を摑んで、急いで家の外に出た。

二人は裏庭を突っ走り、境界線を乗り越えた。真裏の家の前から迂回して、千秋の家の前の通りに出た。

刺客と思われる人影は見当たらない。城所は原をベンツの運転席に押し込み、自分の車に向かって走りだした。

横目で千秋の家を見ると、炎は居間の天井まで躍り上がっていた。原のベンツが、かたわらを走り抜けていった。

城所は速力を上げた。

第四章　透(す)けた犯罪回路

1

裸身の震(ふる)えが熄(や)んだ。

城所は亜弓を横抱きにしたまま、彼女の豊かな髪を五指で梳(す)きはじめた。自宅マンションの寝室である。

熱い交わりの直後だった。

亜弓は三度も極(きわ)みに達し、乱れに乱れた。城所は彼女の三度目のエクスタシーに合わせて、出口を求めていたエネルギーを迸(ほとばし)らせた。射精感は鋭かった。

堀越千秋と小沼が爆死したのは一週間前だ。

犯人は、まだ捕まっていない。亜弓が捜査当局の動きをそれとなく探ってくれたが、城所も原も捜査対象にはなっていないという話だった。

同じ夜、深町、志村、亜弓の三人はそれぞれマークした男たちを尾行した。しかし、誰も収穫は得られなかった。

小沼は新宿のある暴力団を破門された元やくざで、『太陽信販』の貸金の取り立てを手伝っていた事実が判明した。そんなことで、門脇社長が義兄の鴨下に小沼を回したにちがいない。

千秋たち二人が殺された翌日、城所は鴨下、門脇、陣内の三人の自宅の電話引き込み線に超小型盗聴器を仕掛けた。さらに三人の自宅のそばに、自動録音機付きの受信装置を隠しておいた。

電話が使われるたびに、その通話がそっくりマイクロテープに録音される仕組みになっていた。それ以来、毎日欠かさずにメンバーの誰かがテープの内容をチェックしに出かけている。

しかし、鴨下たちを追い込めるような弱点はいまも摑めていない。鴨下、門脇、陣内の三人は警戒心を強めたようで、互いに直に連絡を取り合うことはなかった。

城所は何とか悪事の全容を押さえたかった。そこで伝手を頼って、きのう、志村一成を医療産業廃棄会社にアルバイトの回収員として潜り込ませた。

その会社は『あかつき養生会病院』の使用済みの注射針、プラスチック容器、脱脂綿、ガーゼ、チューブなどを日に一度、定められた時間に回収していた。

「ベッドの中で裏の仕事の話をするのは無粋だけど、ちょっといい？」

亜弓が言った。

「かまわないよ。何だい？」

「堀越千秋の家に手榴弾を投げ込ませたのは、鴨下と考えてもいいわよね？」

「それは、ほぼ間違いないだろう」

「小沼って男はともかく、千秋まで犠牲になってしまった」

「巻き添えで殺された彼女のことは、気の毒だと思ってる」

「わたしも同じ気持ちよ。いつまでも鴨下たちを泳がせてたら、同じような犠牲者が出てくるんじゃない？」

「そのことは憂慮してる。しかし、三人ともガードを固めてて、たやすく接近できないんだ」

「そうでしょうね。そこで提案なんだけど、鴨下か誰かの家族を人質に取ったら？　愛人を人質にしても効果はなかったけど、血を分けた子供か奥さんを拉致すれば……」

「確かに、どんな悪党だって、わが子か妻を人質に取られたら、平然とはしてられないだろう。しかし、妻子は悪事に加担してるわけじゃない」

城所は難色を示した。

「卑劣な手であることは認めるわ。でもね、人質に危害を加えなければ……」

「過激だな。とても現職の検事とは思えない」

「それだけ、わたしは焦り(あせ)を感じてるの。これ以上、巻き添えで死ぬ人間が出てほしくないのよ」

「その気持ちはわかる」

「家族を人質に取るというのは、やっぱり、よくないか。でも、家族に何かスキャンダルがあったら、それを材料にして鴨下たちを誘き出す(おびきだす)ことはできるんじゃない？」

「そうだな。そういう手なら、ほとんど抵抗はないよ」

「わたし、それとなく三人の家族のことを調べてみるわ。仕事柄(がら)、口の堅い(かたい)情報屋を何人か知ってるの」

「それはいいが、用心してくれな。おれたちの組織のことを情報屋に覚ら(さとら)れたら、面倒なことになるから」

「その点は抜かりなくやるわ」

「なら、頼むよ」

「ええ。先にシャワーを使わせてもらってもいい？」

「もちろん！」

「それじゃ、悪いけど」

亜弓がベッドの下から純白のバスローブを掴み(つかみ)上げ、浴室に向かった。

城所は腹這いになって、何気なくナイトテーブルの上の腕時計に目をやった。午後十時過ぎだった。

セブンスターのパッケージに手を伸ばしたとき、その横に置いてあるスマートフォンが震動した。城所は、すぐにスマートフォンをスピーカーモードにした。

「おれです」

発信者は志村だった。

「何か収穫があったようだな」

「ちょっと気になる話を聞き込んだんですよ。鴨下は、重病人にことごとく献体をしてくれって頼み回ってるらしいんです」

「大学病院でもないのに、なぜ、そんなことを？」

「おれも、そう思ったんですよ」

「その話は誰から聞いたんだ？」

城所は訊いた。

「あの病院の清掃をやってるおばさんが教えてくれたんです。そのおばさんは院内のあちこちを掃除してるんで、病人や家族たちの話がいやでも耳に入ってくるらしいんですよ」

「そうだろうな」

「で、おばさんが小耳に挟んだ話によると、病院に献体した場合は医療費と生命保険の掛け金の割引があるらしいんですよ」

「献体をすれば、そんな特典があるって話は初めて聞いたな」

「鴨下の野郎、重病人をさんざん喰いものにした挙句、死体でも何か金儲けしてるんじゃないのかな。たとえば、臓器を売ってるとかね」

「まさかそこまではやらないだろう」

「わかりませんよ。何かで読んだんですけど、インドやエジプトの貧しい人々の中には腎臓を一つ売って、その金で数年間、喰い繋いでる人間がいるらしいですよ。実際、インドは最大の腎臓提供国だとか？」

「それは事実だな。インドでは一九九四年に臓器売買の禁止令が出たんだが、移植希望者に愛情や愛着を感じていれば、自分の臓器を売ってもいいという〝抜け道〟があって、腎臓を売る者が少なくないんだ。しかし、腎臓を売った人間の半分以上は栄養失調の状態で摘出手術を受けてるとかで、体を悪くしてしまうらしい。それで現在は、少しずつ臓器を売る者が減りはじめてるんだ」

「そうなんですか。それでも世界的に臓器移植手術を望んでる人たちが増えてるんでしょ？」

志村が問いかけてきた。

「ああ。アメリカを例にとると、毎年およそ三万人が腎臓の移植手術を希望してる。しかし、実際に手術を受けられた者は九千人弱しかいない」

「提供者（ドナー）の臓器が適合しないからなんでしょう？」

「そうなんだ。どの臓器にも言えることなんだが、一卵性双生児から移植されたものでない限り、ある程度の拒絶反応は起こる。拒絶反応がひどい場合は、人体の免疫（めんえき）組織が働かなくなってしまう。それだから、適合度が高いと移植医が認めた場合しか手術をしないんだ」

「血液型が同じじゃないと、臓器移植は受けられないんでしょ？」

「必ずしも同型じゃなくてもいいんだよ。O型の臓器は、他の複数の血液型にも受け入れられやすいんだ。ただ、ABマイナスといったような特殊な血液型の移植患者（レシピエント）は同じ血液型のドナーの臓器が必要なんだよ」

「そうでしょうね」

「もちろん血液型が同一でも、臓器の大きさや組織が異（こと）なる場合は移植手術は見送られることが多い。ことに心臓、腎臓、膵臓（すいぞう）は適合性がきわめて高くないと、手術に成功しないんだよ」

「レシピエントにとっては、ドナーが多ければ多いほどいいんですね？」

「そういうことになるな。そんなこともあって、ブラジルで何年か前に犯罪者集団が四千五百人以上の子供たちの腎臓を抉（えぐ）り取って密売するという事件が起こったんだ」

「四千五百人以上ですか⁉」

「ああ、ちょっと信じられない数だよな。しかも多くの子が生きたまま、腎臓を抜かれたんだ。そのあと放置されたんで、全員が死んでしまったんだよ。日本では、とても考えられない話だがな」

城所は溜息(ためいき)をついた。

「日本にも臓器移植手術を受けたがってる人たちは、多いんでしょ？」

「ああ、大勢いる。だいぶ昔に〝移植時のみ脳死は人の死〟とする臓器移植法が成立したが、早くから脳死を人間の死と捉(とら)えてる多くの欧米人とは死生観の異なる日本人が、急に他者に臓器を提供するようになるかどうか」

「移植を待ち望んでた患者団体の関係者や移植医たちは大喜びだろうけど、たとえ限定的とはいえ、脳死を人の死と法律で規定することには反対だったという連中も多いんじゃないのかな。個人的には、命を法律なんかで決めてほしくないと思いますね」

「おれも、この法律にはちょっとうなずけないな。そもそも脳死を厳密に判定できるかどうかが疑問なんだよ。心臓死のように、はっきりとした形で捉(とら)えることができないからな」

「確かに、そうですよね」

志村が相槌(あいづち)を打った。

「旧厚生省が一九八五年にまとめた脳死判定基準は、患者が深い昏睡状態にあり、自発呼吸がなく、瞳孔が固定し、脳幹反射がない。その四項目が揃い、脳波が平坦のままで六時間が経過した場合は脳死と判定するとなってるんだ」

「さすがは元ドクターだな。いや、元じゃないな。医師免許を失ったわけじゃないですもんね？」

「ああ、それはな。しかし、もう医療活動には携わってない。元ドクターでいいよ。話が脱線したが、仮に脳死が正確に判定できるとしても、これまでなら、脳死に至ると考えられた末期患者が脳低体温療法で回復したケースも出てきてるんだ。そうした新治療法で救命が可能なら、この法律は医療現場の努力に水を差すことになる」

城所は、つい力んでしまった。

「前向きな救命活動は当然、必要ですよね。だけど、医者が銭儲けしたくて、無駄な延命治療をするのは赦せないな」

「それには、まったく同感だよ」

「話があっちこっちに飛びますけど、臓器移植法でも、臓器売買は禁止ということになってるんでしょ？」

「ああ。移植に使用される臓器の売買が法的に認められることは今後もないだろう」

「でも、発展途上国の大半は別に臓器の売買は禁じてませんよね？」

「そうだな。先進国でも、臓器の直接売買は軽犯罪にしかならない国もあるんだ。運転免許証と一緒にさまざまな臓器のドナーカードを携帯してる人間がたくさんいる欧米じゃ、臓器売買なんか大きな儲けにならないんだよ」

「そうなんでしょうね。しかし、臓器提供者の少ない日本なら、ビジネスになるでしょ？それも元手がかかってないとしたら、丸儲けじゃないですか」

「鴨下が病院のどこかで、闇の移植手術をやってるかもしれないと……」

「ええ」

「しかし、第三世界の国々のように、臓器の刈り取り（オーガン・ハーベスティング）が行なわれてるとは思いたくないな。インド、エジプト、アルゼンチン、ペルー、ブラジルあたりの悪徳医者が患者を騙（だま）して腎臓を摘出し、それを臓器のブラックマーケットに売ってることは公然たる秘密らしいが」

「脳死死体からだったら、活（い）きのいい内臓を好きなだけ抉（えぐ）り取れるわけでしょ？」

「だね。心臓、肺、肝臓（かんぞう）、腎臓、眼球、それから骨髄（こつずい）なんかも取れるな」

「病院が献体を勧めてるのは、臓器が欲しいからだろう。まさかナチスがやったみたいに、人間の脂（あぶら）で石鹸（せっけん）をこしらえたり、人間の皮膚でランプシェードを作るためじゃないでしょ？」

「鴨下は何か学術論文を書くために、解剖を重ねてるのかもしれないな」

「城所さん、なんか変ですよ。同じ医者を臓器泥棒になんかしたくない気持ちはわからなくありませんけど、いつもの冷徹さはどうしたんです？」

志村が苛立(いらだ)たしそうに言った。

「別に鴨下を庇(かば)ってるわけじゃない。帝都大病院のエリート医師だった男が、そこまで堕(お)ちるとは思えないんだよ」

「現に鴨下は『日東生命』の陣内常務や『太陽信販』の門脇社長と共謀して、長期入院患者を喰いものにしてる疑いがあるじゃないですか。矜持(きょうじ)をすでに失ってるから、そんな非人道的な銭儲けができるんですよ」

「そうなのかもしれない。志村、地下の霊安室や機械室の奥に、秘密の手術室がないか調べてみてくれ」

「わかりました」

「それから、あの病院の指定遺体運搬業者に接近して、体のどこかが不自然だった遺体がなかったかどうかも探ってみてくれな」

「へこんだりしてたら、臓器を抉り取られた疑いがあるってわけですね？」

「そうだ。それから、できたら看護師(ナース)たちからも情報を集めてくれないか。急に金回りがよくなった看護師がいないかどうか探ってほしいんだ」

「そういう看護師がいたら、闇の移植手術を手伝ってる可能性があるってことか」

「そういうことだ。それから、医師の中にもそういう奴がいるだろう。移植手術は鴨下だけじゃ、とてもできない。最低、二人の医者は必要だ」

城所は言った。

「闇病院が別の場所にあるとは考えられないですか？」

「それも考えられるな。そうだったとしたら、西東京の病院で、死体から必要な臓器だけ摘出して、それを闇の手術室に運び込んでるんだろう」

「当然、臓器はクーラーボックスの中に入れて運ぶんだろうけど、鮮度を失わないうちに移植したほうがいいんでしょ？」

「それは、そうさ。闇病院があるとしたら、西東京から遠くない場所にあるんだろう」

「でしょうね」

「志村、決して無茶はするなよ。腕に自信のある奴は、どうしても無鉄砲なことをしがちだ。敵がそっちを怪しんでいないという保証はないし、鴨下は屈強そうな男たちをそばに置いてる」

「ええ、番犬どもをちらりと見ましたよ。四人のうちの二人は、何か格闘技をやってる感じだったな」

「それなら、なおさら慎重に行動してくれ。番犬どもに取っ捕まったら、生きたまま肝臓や肺を抉り取られるかもしれないぞ」

「脅かさないでくださいよ」

　志村が電話を切った。

　城所はスマートフォンの通話終了アイコンをタップし、煙草(たばこ)に火を点(つ)けた。

　ふた口ほど喫(す)ったとき、亜弓が寝室に戻ってきた。城所は志村から電話があったことを教え、ついでに彼の筋読みもかいつまんで話した。

「彼、体力だけじゃなかったのね。それ、考えられると思うわ」

　亜弓が即座に言った。

「おれは最初、いくら何でも鴨下はそこまではやらないと思ってたんだが……」

「いったん堕落(だらく)した元エリートって、とことん坂を転がり落ちていくんじゃないかな」

「そうなんだろうか。おれはエリートじゃなかったから、そのあたりのことはよくわからない」

　城所は苦笑し、煙草の灰を落とした。

2

　遺影は笑っていた。

　濁(にご)りのない笑顔だった。城所は合掌(がっしょう)を解(と)き、小野寺の妻と娘の恵美に頭を下げた。志村から電話があった次の日の午後三時過ぎだ。

城所は昨晩、小野寺の夢を見た。それで、調査の中間報告にやって来たのである。

城所は、調査が袋小路に入ってしまったことを正直に母娘に打ち明けた。

「仕方がありませんよ」

故人の妻の和歌子が言った。慰めるような口調だった。丸顔で、柔和な目をしている。

「その後、警察から何か報告はありました？」

「いいえ、特にありません」

「そうですか。中村梅吉という男が高輪署に出頭したという情報を聞いたんですが、そいつはその日のうちに釈放されたとか？」

「ええ、そううかがっています」

「中村という男は真犯人に頼まれて、身替わり犯になろうとしたんでしょう。当然、捜査本部は釈放後も中村をマークしてたと思うんですが」

「はい。でも、真犯人と思われそうな男と接触する様子もなかったようです。もしかしたら、中村梅吉という男は警察を混乱させたくて、自分が犯人だなんて言ったんじゃないでしょうか？」

「そうだったのかもしれませんね」

「応接間のほうにどうぞ」

恵美が促した。

城所は仏壇の前から離れ、恵美の後に従った。母親の和歌子は右手のダイニングキッチンに入っていった。城所と恵美は玄関ホールに面した応接間に入り、コーヒーテーブルを挟んで向かい合った。

「そう簡単に犯人にたどり着けるとは思っていませんでしたが、こんなにもてこずるとは……」

「気になさらないでください。城所さんが父のために動いてくださっただけで充分だと思っています」

「時間はかかるかもしれませんが、まだまだ諦めませんので」

「でも、ご自身の仕事もありますでしょうから」

「独身だから、別にどうってことないですよ。それに、多少の貯えもありますしね。それより、先生の遺品から何か事件解明に繋がりそうなものが出てこなかったですか？」

「ちょっと気になる新聞の切り抜きが、父の机の引き出しの中に入っていました」

「どんな内容の記事だったんです？」

「オートバイのハンドル操作を誤って路上駐車中のダンプカーに激突した大学生が大怪我をして、西東京の病院に運ばれたという記事でした」

「そのスクラップ、ちょっと見せてもらえませんか」

「はい。いま、お持ちします」

恵美がソファから立ち上がり、応接間から出ていった。

入れ代わりに、和歌子が三人分のアイスティーを運んできた。

「どうかお構いなく」

城所は恐縮した。和歌子がタンブラーを卓上に置き、城所の斜め前に坐る。

「小野寺から研修医時代の山室さんや城所さんの話をよく聞いていました。亡くなった夫は、若い人たちが大好きだったの」

「そうでしたね。わたしも、いろいろと目をかけていただきました」

「まだまだ、夫に生きていてほしかったわ」

「わたしも、残念な気持ちです」

「あんなに穏やかな夫が殺されるだなんて」

和歌子が語尾をくぐもらせ、やや顔を伏せた。

そのとき、恵美が戻ってきた。城所は受け取った新聞の切り抜きを読んだ。

事故があったのは四月上旬の深夜だった。飲食店でのアルバイトを終えて自宅に向かっていた長坂健人という二十一歳の若者が東村山市内で事故を起こし、『あかつき養生会病院』に収容されたと記述されている。

鴨下の病院だ。これは、ただの偶然にすぎないのか。

「何ですか、その記事は？」

和歌子が問いかけてきた。城所は和歌子に切り抜きを渡した。

「ああ、この長坂健人という若者は夫の小学校時代の級友の息子さんです。事故のあった翌日に、病院で亡くなられたんですよ」

「亡くなられた？」

「ええ。健人君は肋骨と大腿部を複雑骨折しただけなのに、翌日に亡くなったの。小野寺はとても驚いていました。何か処置にミスがあったのではないかと言って、この記事を切り抜いたんですよ」

「それで、先生は『あかつき養生会病院』に出向かれたのでしょうか？」

「健人君の告別式に出た後、西東京の病院に行ったようです。何とかとおっしゃる院長に面会を求めて、健人君の死因を訊いたそうです。そうしたら、院長は脳挫傷による血管破裂の発見が遅れたと……」

「それは、おかしいな。怪我人が集中治療室に運び込まれたら、まずＣＴかＭＲＩ検査をするはずです」

「夫も同じことを申しておりました」

和歌子が言った。

「当然、小野寺先生はそのことを衝いたと思うんですがね」

「ええ。先方は、当直医が二人とも若くて未熟だったと答えたそうです」

「そんなことで、先生が納得するだろうか」

城所は首を傾(かし)げた。

「夫は医療ミスを告発しようとして、健人君のお父さんに会ったりしてたみたいです。でも、その後どうなったのかはわかりません」

「そうですか」

「ただ、いつでしたか、夫は『あかつき養生会病院』の救急患者の死亡率が高すぎると訝(いぶか)っていました」

和歌子が口を結んだ。

小野寺は旧友の息子の医療ミスを調べているうちに、鴨下が長期入院患者を喰いものにして荒稼(あらかせ)ぎしていることを知ったのかもしれない。あるいは救急患者の死亡率の異常な高さから、もっと大きな悪事に気がついたとも考えられる。小野寺は、そのことを徳岡理事長に何かの折に話したのだろうか。それで、徳岡は鴨下を脅迫したのではないだろうか。

城所は、そう推測した。

まるで関連がないと思われた二つの殺人事件は、やはり一本の線で結びついているのか。そう断定する根拠はないが、可能性はゼロではないだろう。

城所はそう考えながら、アイスティーを飲んだ。

タンブラーをテーブルの上に戻したとき、応接間の隅でホームテレフォンの子機が鳴った。和歌子が立ち上がって、受話器を摑み上げた。

「父は『あかつき養生会病院』の医療ミスの証拠を握ったために、殺されることになったのかしら？」

恵美が小声で言った。

「医療ミスを告発しようとしただけで、命を狙われるでしょうか。先生は偶然、別の悪行を知ってしまったんじゃないかな」

「たとえば、どんなことでしょう？」

「別段、思い当たることがあるわけじゃないんですよ」

城所は一瞬、自分が抱いている疑惑を口走りそうになった。

しかし、鴨下が闇の臓器移植手術をしているという証拠を押さえたわけではなかった。迂闊なことは口にできない。

和歌子が受話器を置き、どちらにともなく言った。

「中村梅吉という男が死んだそうよ。いまの電話、警察からだったの」

「どんな亡くなり方だったんでしょう？」

城所は早口で訊いた。

「殺されたんだそうです。死体は昨夜のうちに新宿中央公園で発見されたらしいんですけど、少し前に司法解剖が終わったとかで、一応、報告してくれたんです。首の骨をへし折られていたという話でした」

「そうですか」

「中村という男を殺した犯人は、何らかの形で夫の事件に関与しているのじゃないでしょうか？」

「その疑いは濃いですね。それから、その犯人が小野寺先生をビルの屋上から投げ落とした実行犯かもしれません。しかし、そいつは金で雇われた殺し屋にすぎないでしょう」

「そうなのかもしれませんね」

和歌子がそう言って、ソファに腰かけた。

「どっちにしても、医療関係者が父を始末させて、中村という男を身替わり犯にしようとした疑いが濃いんですね？」

恵美が声を発した。

「個人的な推測ですが、先生の事件に『あかつき養生会病院』が絡んでるのは確かな気がします。きっと先生は医療ミスではなく、何か病院の致命的な秘密を知ってしまったんではないのか」

「いま、城所さんがおっしゃったことを警察の方に話したほうがいいのでしょうか？」

「いや、まだ黙っててもらったほうがいいと思います。素人の推測を捜査関係者に進言するのは、おこがましいですから。そのあたりのことを調べてみます」

城所は恵美にそう言い、おもむろに腰を上げた。母親の和歌子に型通りの挨拶をして、玄関に足を向けた。

表に出ると、城所はレンタカーの白いカローラに乗り込んだ。自分のＢＭＷはマンションの地下駐車場に置いてある。敵の目を欺く目的で、わざわざ地味なレンタカーを借りたのだ。

車内が涼しくなってから、城所は医大の後輩の笹平に電話をかけた。

「また、教えてほしいことができたんだ。いま、碑文谷にいるんだが、これからお宅にお邪魔させてもらってもいいかな」

「ええ、どうぞ。西東京の病院のことですね？」

「そうなんだ」

「わかりました。お待ちしています」

笹平が明るく言って、先に電話を切った。

城所はカローラを発進させた。十年前に製造された車だったが、エンジンは快調だった。

目黒通りに出ると、大鳥神社交差点まで走った。交差点を左折し、山手通りに入る。中目黒まで、ひとっ走りだった。

笹平医院の前にレンタカーを駐め、家の中に入る。

案内されたのは、先日と同じ応接間だった。二人が向かい合うと、笹平の妻が冷えた西瓜を運んできた。麦茶と冷たいおしぼりも届けられた。

妻がドアの向こうに消えると、笹平が西瓜を勧めた。

「後で、ご馳走になるよ。さっそくなんだが、きみが清瀬の病院に勤めてたころから、救急患者の死亡率は高かったのかな。そうした情報が耳に入ったんで、その真偽を確かめようとしたんだが……」

「ぼくがいたころは、救急患者は受け入れてなかったんですよ」

「そうだったのか。なぜ、急に救急患者を受け入れるようになったんだろう？」

「そのあたりのことはよくわかりません。しかし、以前の鴨下院長は救急患者を嫌ってました。特に交通事故や転落事故なんかによる怪我人をね」

「手間がかかる割に、儲けが薄いからかな？」

「おそらく、そうなんでしょうね。しかし、いまは積極的にその種の怪我人を受け入れてるようです。何か思いがけないメリットがあることに気づいたのかもしれないな」

「どんなメリットが考えられる？」

城所は問いかけた。

「さあ、どんなメリットがあるんでしょうね。すぐには思いつきませんけど、きっと何か利点があるんだろうな。でなかったら、あの人が受け入れるわけない」

「こんなことは考えたくないが、重傷者が胸部や腹部に大きな裂傷を負ってたら、死体から臓器を抜き取ることはできるよな？」

「そ、それは可能ですが」

笹平が舌を縺(もつ)れさせた。

「臓器移植のレシピエントは多いが、日本の場合はドナーがきわめて少ない」

「ええ、そうですね。死体腎移植の提供者は年間で百人いるかどうかでしょ？」

「そうだな。わざわざアメリカ、カナダ、イギリスに渡って、現地の病院で提供者(ドナー)の臓器を待つケースが多いよな？」

「そうですね。しかし、適合性の高い臓器を譲り受けられずに、虚(むな)しく帰国するケースが少なくありません。臓器を待ちながら、亡くなる移植希望者もいますよね？」

「ああ。そういう状況なら、闇の移植手術を受けたいという病人も出てくるはずだ」

「ええ、それは考えられますね」

「脳死死体から摘出した心臓なら、四千万、五千万円で売れるかもしれない。肝臓や肺だって、数百万円にはなるだろう。骨髄も、それなりの値がつくと思うよ」

城所は言った。

「先輩、待ってください。鴨下院長は冷たい人間ですし、欲も深い。しかし、医師としての倫理は捨てきれないでしょう」

「こっちも、最初はそう思ったよ。というよりも、そう思いたかった。しかし、『あかつき会』は新たな事業に乗り出してる。吉祥寺に大理石のビルを建てて、高級ヘルスセンターのオープンを急いでることは知ってるよね？」

「いいえ、知りませんでした」

笹平が首を大きく振った。

城所は事業内容を説明し、鴨下と飯塚の姿を見たことも話した。

「事業プランは、鴨下院長が練ったようですね」

「多分な。新事業には、かなりの資金を投入したにちがいない。しかし、景気がまだ完全に上向きになっていない時期に、そういった新事業が成功するという保証はない。大きな赤字を出せば、言い出しっぺの鴨下は経営母体の『あかつき会』から責任を問われることになるだろう」

「当然、そうなるでしょうね」

「鴨下は闇の移植手術で荒稼ぎして、新事業の赤字をこっそり補う気でいるのかもしれないな」

「負けず嫌いですから、自分の体面には拘るタイプですね。そういう性格を考えると、無断で臓器を盗んで、闇の移植手術をやるかもしれないな」

「あの病院のどこかに、秘密の部屋はないか？」

「そうした部屋はないと思います。あれば、きっと職員の誰かの目に触れるでしょう」

「そうだろうな。闇病院は、別の場所にあるんだろう。それはそうと、鴨下の茶坊主みたいなドクターはいないか？」

「外科医の前淳也（まえじゅんや）という男がいます」

「おそらく鴨下は、その前という奴と闇手術をしてるんだろう。鴨下が特別に目をかけてた看護師は？」

「もう病院は辞めてしまいましたが、稲葉悦子（いなばえつこ）は院長の愛人のひとりだと噂されてた看護師でした。二十八、九で、瞳の大きな女性です」

「住まいは？」

「わかりません。辞めるときに、どこかに引っ越す予定だと言っていましたから。でも、前淳也のほうは昔の住所のままだと思います。後で、ぼくがいたころの職員名簿を調べてみましょう」

「悪いな」

「西瓜、食べましょうよ」

笹平が先に手を伸ばした。

城所も、ひと切れ抓（つま）み上げた。それを食べ終えたとき、志村から電話がかかってきた。

「秘密の部屋は、どこにもありませんね」

「そう。何か収穫は？」

「出入りの葬儀屋の話によると、死体に妙な傷口があることが時たまあるそうです。脳梗塞で死んだ人間に、なぜか開腹の手術痕があったりするらしいんですよ。病院側は胃の手術もしたと言ってたらしいんですけど、どうも腑に落ちませんよね。臓器を勝手に摘出してんじゃないのかな」

「おそらく、そうなんだろう。いま、清瀬の病院か？」

「いいえ、国分寺の病院で使用済みの注射針なんかを回収中なんです。五時にはバイトが終わりますんで、それから西東京の病院に行くつもりです」

「外科医の前淳也って男をマークしてくれないか」

　城所は言った。

「そいつは？」

「鴨下が目をかけてる奴らしいんだ。おおかた、その前淳也って医師が闇の手術を手伝ってるんだろう」

「それじゃ、病院の誰かに前淳也の顔を教えてもらいましょう」

「そうしてくれないか。おれも夕方、西東京に行ってみるよ」

「了解！」

電話が切れた。

城所はスマートフォンを上着の内ポケットに戻し、志村から聞いた話を笹平に喋(しゃべ)りはじめた。

3

大柄な女性が近づいてきた。

カローラを降りたときだった。『あかつき養生会病院』の一般外来者用の駐車場だ。

城所は目で志村を探した。

だが、見当たらなかった。院内のどこかにいるのだろう。もう六時半を回っていた。

歩きだそうとしたとき、大柄な女性が笑いを含んだ声で問いかけてきた。

「おれ、女に見えますか？」

「えっ⁉」

城所は相手の顔をまじまじと見た。

なんと志村ではないか。栗毛のウィッグを被(かぶ)り、化粧もしていた。

白のビッグTシャツに、下はロング丈(たけ)の黒っぽいスカートだ。靴も女物のパンプスだった。

「この病院の連中には顔を知られてるんで、ちょっと化けてみたんですよ。どうです？」

「新米のニューハーフってとこだな」

「ひどーい！　あたし、怒っちゃうから」

志村がおどけて、拗ねる真似をした。

「その衣裳、どこで調達したんだ？」

「小金井の古着屋で買ったんですよ、靴もね。ただ、エクストラLサイズのスカートは、これしかなかったんです。パンプスがかなり小さいんで、足の指を折り曲げて履いてんですよ」

「その努力は評価してやろう。それにしても、化粧が濃すぎるな」

「薄化粧だと、髭の剃り跡が透けちゃうんだよね」

「そういうことだったのか。で、鴨下の赤いフェラーリは？」

城所は表情を引き締めた。

「職員専用駐車場にあります」

「そう。前淳也という外科医の顔は見たか？」

「ええ。会計課の女性事務員に教えてもらって、じっくり顔を見ました。三十三、四歳で、のっぺりとしたマスクをしてます」

「前淳也も、まだ病院の中にいるんだな？」

「三階の自分の部屋にいるはずです」

「それじゃ、そっちは前淳也に張りついてくれ」

「了解！」

「こっちは車を職員専用駐車場の近くに回して、鴨下をマークする。そっちの車は？」

「あそこです」

志村が六、七メートル先のレンジローバーを指さした。

「こいつで交信しよう」

城所は超小型無線機を志村に渡した。煙草の箱ほどの大きさで、ボタン操作一つで発信も受信もできる。アメリカ製だった。

「それじゃ、おれは……」

志村が蟹股で歩きだした。パンプスは、いかにも窮屈そうだった。

城所はレンタカーの運転席に戻り、いったん病院の敷地から出た。建物を大きく回り込み、職員専用駐車場のそばの路上に車を停める。

まだ外は残照で明るい。城所は黒縁の眼鏡をかけて、前髪を垂らした。

数秒後、スマートフォンが着信音を奏ではじめた。スマートフォンを耳に当てると、亜弓が早口で言った。

「例の中村梅吉が殺されたわよ」

「そうらしいな」

城所は、小野寺の家に警察から報告があったことを話した。

「そうだったの。そうそう、中村は新宿のサウナで『太陽信販』の門脇と会ってたことがわかったの」

「それは、いつごろのこと？」

「小野寺さんが殺されて五日経(た)った晩だそうよ。その夜、中村梅吉はカプセルホテルの常連客たちを飲みに連れ出して、派手に奢(おご)ったらしいの。サウナで、門脇から身替わりの謝礼を貰(もら)ったんじゃない？」

「おそらく、そうなんだろう」

「それから、鴨下のひとり娘の女子高生がドラッグの常習者だという情報を摑んだわ。まだ逮捕歴はないらしいんだけど、遊び仲間はみんな知ってるそうよ」

「覚醒剤(スピード)をやってるのか？」

「覚醒剤だけじゃなく、ヘロイン、ＬＳＤ、それから混合麻薬(ドラッグ・カクテル)もやってるという話だったわ。まだ十七歳なんだけど、毎晩、吉祥寺のクラブに入り浸(びた)ってるみたいよ」

「家庭に居場所がないんだろうな」

「そうなんでしょうね。父親は複数の愛人を持ってるし、母親はカルチャーセンターの仲間たちと遊びほうけてるって話だから」

「それじゃ、グレたくもなるよな」

「そうね。麻薬取締官になりすまして、鴨下の娘を人質に取ったら？　フェアなやり方じゃないけど、これ以上の犠牲者が出るのは……」

「気が進まないが、やむを得ないだろう。鴨下に事件の揉み消しをしてやってもいいって話を持ちかける気だな？」

「ええ、その通りよ。鴨下は、すんなり裏取引に応じる気になると思うの。それで、ひとりだけで指定した場所に来るんじゃないかな」

亜弓が言った。

「よし、その手でいこう。ついでに、揉み消し料として三千万円を用意させるか」

「もっと貰ってもいいんじゃない？　鴨下は、かなりリッチな暮らしをしてるみたいだから」

「大胆なことを言うね」

「わたし、ネパールの山岳地方に住んでる子供たちに図書館をプレゼントしたいのよ」

「なら、一億円の口止め料を要求するか」

「賛成！　古いお札で用意させる？　それとも、預金小切手にする？」

「鴨下なら、一億円以上の預金があるだろう。額面一億円の預手にしてもらおう」

城所は言った。

預金小切手は、各銀行の支店長が支払いの責任を負う手形である。どの金融機関でも換金可能だ。ただし、高額の場合は事前に換金希望日を連絡しなければならない。

そうした面倒臭さはあるが、受取人は確実に金を手にできる。しかも、受取人は身許を明かす必要はない。

「鴨下の娘をうまく押さえられたら、すぐ連絡するわ」

「原ちゃんの手を借りて、現職の麻薬取締官に化けることを忘れるなよ」

「もちろん、そうするわ。現職の名前を騙ることは気が咎めるけど、仕方ないわよね」

「仮に鴨下が裏取引のことを表沙汰にしたとしても、現職の犯行じゃないことはすぐにわかる。だから、そう気にすることもないだろう」

「そうよね。それじゃ、うまくやるわ」

亜弓が通話を終わらせた。

城所はスマートフォンをハンズフリー装置にセットし、グローブボックスから超小型無線機を取り出した。無線機に異状がないことを確認して、煙草をくわえる。

火を点けようとしたとき、またもやスマートフォンが鳴った。今度は深町からの電話だった。

「いま、赤坂の西急ホテルのロビーにいるんです。『日東生命』の陣内常務と『太陽信販』の門脇社長が会っています。二人は館内のレストランで食事中なんですよ」

「何かの密談をしてるんだろうな」

「陣内が門脇に『太陽信販』の社員に団体定期保険を掛けてもらえないかとロビーで話を持ちかけていましたので、その話のつづきをしてるんでしょう」

「社員に無断で団体保険を掛けて、その保険金を会社がそっくり受け取ったことが発覚して、遺族が訴訟を起こしたケースがあったな」

城所は言った。

団体定期保険は、企業が従業員の遺族の生活保障などを目的にして加入する掛け捨ての生命保険の一種だ。被保険者は社員で、保険料は保険金受取人の企業が負担する。保険料は一般の個人保険よりも安い。

本来、保険金は被保険者の遺族が受け取るものだ。

しかし、もっともらしい理由をつけて保険金を遺族に渡さない企業が増え、社会問題化している。

「あの『日産生命』も経営破綻に陥ったぐらいですから、生保会社はどこも青息吐息だと思います」

「だから、陣内は重病人を喰いものにし、門脇にも泣きついたんでしょう」

「そうなんだと思います」

「深さん、何とか二人の密談を盗み聴きできないかな。おそらく、本題は団体保険のことじゃないでしょう」

「わたしも、そう睨みました。二人の密談の内容を何とかキャッチしてみましょう。また、後で連絡します」

深町が電話を切った。

城所は一服すると、志村の無線に呼びかけた。

「動きはないようだな」

「ええ。気長に待ちましょう」

「そうだな。こっちも変化なしだよ」

「今夜は空振りに終わるかもしれませんね」

「それは何とも言えないな。もう少し待ってみよう」

「そうしましょうか」

「時々、張り込みの場所を変えろよ」

「わかってます」

交信が終わった。

城所は辛抱強く待ちつづけた。ぼんやりしていると、つい眠くなる。何度も欠伸が出そうになった。そのつど、城所は眠気ざましに紫煙をくゆらせた。

深町から二度目の電話がかかってきたのは、八時過ぎだった。

「鴨下、陣内、門脇の三人が共謀して、『あかつき養生会病院』の重病人たちを喰いものにしてることは間違いありませんよ。陣内と門脇の話は断片的にしか盗み聴きできませんでしたが、遣り取りで、そう察せられました」

「やっぱり、そうでしたか。臓器のことは話題になってませんでした？」

城所は問いかけた。

「その件は、まったく話に出てきませんでしたね」

「そうですか」

「陣内と門脇は、主導権を執りたがってる鴨下にだいぶ不満があるようです。別の病院の院長を抱き込んで、鴨下抜きのビジネスをしようかなんて喋ってましたから」

「どうせなら、早く仲間割れしてもらいたいな。そうすれば、悪党どもの口を割らせやすくなるでしょ？」

「そうですね。いま、陣内たち二人は銀座に向かっています。多分、どこかのクラブで飲む気なんでしょう。二人が別れるまで、一応、尾行を続行します」

深町が先に電話を切った。

陣内と門脇は、鴨下の闇ビジネスに気がついていないのだろうか。それとも、たまたま臓器移植手術のことが話題にのぼらなかっただけなのか。前者だとしたら、鴨下は陣内たち二人に気を許していないようだ。

城所はスマートフォンをマナーモードに切り替え、綿ジャケットの内ポケットに収めた。

それから五分ほど経ったころ、志村から無線連絡があった。

「前淳也が夜釣りに出かけるような身形で、部屋から出てきました。釣竿ケースも小型のクーラーボックスも持ってます」

「クーラーボックスの中には、臓器が入ってるのかもしれないぞ」

「あっ、なるほど。臓器を運ぶときは、ふつうは特殊な冷蔵容器を使うんでしょ？」

「イグルークーラー、スチロフォームといった専用の容器があるんだが、レジャー用のクーラーボックスなんかも代用されてる」

「そうですか。クーラーボックスを使う場合、臓器は何時間ぐらい保つんです？」

「臓器によって、三時間から六十時間とかなり幅がある」

「あっ、前淳也がエレベーターに乗り込みました。おれは階段を駆け降りて、追尾します」

「おそらく前という外科医は職員専用駐車場にやって来るだろう。そっちはレンタカーに直行して、こちらに回ってくれ。おれが前淳也の乗り込んだ車を無線で教える」

「了解！」

「志村、人のいる所では決して走るなよ」

城所は忠告して、交信を打ち切った。

数分後、通用口から釣竿ケースと小型クーラーボックスを提げた三十三、四歳の男が姿を見せた。のっぺりとした面立ちだった。前淳也にちがいない。

男はランドクルーザーに乗り込んだ。そのとき、カローラの後ろに志村のレンジローバーが停まった。

城所は超小型無線機を掌の中に隠し、トークボタンを押した。

「志村、ランドクルーザーのステアリングを握ってるのが前淳也だな?」

「そうです」

「ランドクルーザーを尾行しながら、小まめに無線連絡してくれ」

「了解!」

志村の声が沈黙した。

そのすぐ後、職員専用駐車場からランドクルーザーが走り出てきた。少し間を置いてから、志村の車が発進する。

クーラーボックスの中身が人間の臓器なら、前淳也は闇病院に向かうのだろう。

城所は赤いフェラーリに視線を向けた。
四、五分過ぎると、無線機の放電音がした。
「ドクター前は、どうやら所沢ＩＣに向かってるみたいですね。関越自動車道に乗るつもりなんでしょう」

「そうかもしれないな」

「鴨下は、まだ姿を見せませんか？」

志村が訊いた。

ちょうどそのとき、鴨下が現われた。城所はそのことを志村に教え、交信を中断させた。

ベージュの夏背広に身を包んだ鴨下がフェラーリを発進させた。だいぶ荒っぽい運転だった。

城所は充分に車間距離を取ってから、レンタカーを走らせはじめた。

高級なイタリア車も所沢ICに向かった。ICの少し手前で、鴨下は二十八、九歳の女を拾った。瞳が大きかった。元看護師の稲葉悦子だろう。

赤いフェラーリは所沢ICから、下り線に入った。

城所は超小型無線機を口に寄せ、志村をコールした。

「ランドクルーザーは関越自動車道の下り線を走ってるんだな？」

「そうです。いま、報告しようと思ってたとこだったんだ」

「鴨下の車も下り線に入ったよ。その前に、愛人で元看護師の稲葉悦子と思われる女を助手席に乗せた。三人は、これから闇病院に行く気なんじゃないか。そこには、ほかのドクターやナースが待機してるのかもしれないぞ」

「闇の臓器移植手術をする気なのかな」

「ああ、おそらくな。志村、時々、ランドクルーザーの前に出てくれ。いつも尻にくっついてると、怪しまれるから」

「了解です」

志村の声が途切れた。

ランドクルーザーが群馬県の赤城ICを降りたのは、午後九時五十分ごろだった。

「一般道路を少し走ったら、鴨下のフェラーリを先に行かせてくれ」

「了解！」

「それで、そっちとおれが前後になりながら、二台の車を追尾しつづけよう」

城所はイタリア車につづいて、赤城ICのループを下った。

一般道路に下りると、志村の車が路肩に寄ってハザードランプを明滅させていた。フェラーリがレンジローバーの横を走り抜け、ランドクルーザーの真後ろにつけた。

城所と志村は交互に前に出ながら、鴨下たちの車を追った。

ランドクルーザーとフェラーリは赤城村を横切り、鈴ケ岳の麓に向かっていた。鈴ケ岳は標高千五百六十五メートルで、赤城県立自然公園の中にある。

次第に車の数が少なくなり、民家も疎らになってきた。城所たちは車間距離を大きく取って、慎重に尾行しつづけた。

やがて、前淳也と鴨下の車は未舗装の山道に入った。城所たちはスモールライトに切り替え、低速で車を進めた。

先を行く二台の車のエンジン音が急に熄（や）んだ。

「エンジンを切れ！　ライトも消すんだ」

城所は無線で、後方にいる志村に命じた。自分も同じことをした。

二人は車を降りた。

ほとんど同時に、山道の上から巨大な塊（かたまり）が転（ころ）がり落ちてきた。巨岩だった。

一つではない。たてつづけに三つだった。

城所は志村を切り通しの斜面に引き寄せ、自分も側壁にへばりついた。

三つの巨岩は大きく弾（はず）みながら、山道を転げ落ちていった。二つ目の岩がカローラの車体を掠（かす）めたが、弾（はじ）き飛ばされることはなかった。

二つの人影が現われた。

と思ったら、小さな銃口炎（マズル・フラッシュ）が二つ瞬（またた）いた。銃声は聞こえなかった。消音型の短機関銃（サブマシンガン）を抱えているようだ。九ミリ弾ほどの大きさの弾丸が次々に襲いかかってくる。

城所たち二人は身を伏せた。頭上を凄（すさ）まじい衝撃波が過（よぎ）った。

「上に逃げるんだ」

城所は志村に指示した。

二人は切り通しの断面から顔を出している樹木の根っこや笹の茎に摑まりながら、懸命に這い上がった。

「あそこにいるぞ」

男のひとりが仲間に大声で教え、銃弾を浴びせてきた。

城所は女装した志村を抱くなり、山草の上に伏せた。枝や樹葉が銃弾で飛ばされて、樹皮も砕かれた。

「弾倉が空になったら、横に移動しよう」

「それで、どうするの?」

「太い木によじ登って、上から敵に飛びかかるんだ」

「接近戦なら、おれに任せてほしいな。突きと蹴りで、二人とも片づけてやる」

志村が傾いている栗色のウィッグを脱ぎ捨て、憎々しげに言った。

少し経つと、銃弾が途切れた。弾倉を交換しているのだろう。

二人は立ち上がって、樹木の間を抜けた。

山道から三十メートルほど離れた場所に、二本の大木があった。どちらも樫だった。

城所たちは、それぞれ太い樹木をよじ登った。横に張り出した太い枝を足場にして、二人は敵が近づいてくるのを待った。

しかし、なぜか足音は近づいてこない。数分後、山道の上からエンジンの音が響いてきた。

「くそっ。奴ら、逃げる気だ。城所さん、追いましょう」

志村が忌々(いまいま)しげに言って、大木から滑(すべ)り降りた。城所も地上に降下する。

二人は山道に戻った。おのおの自分の車に乗り込む。

城所は先にレンタカーを急発進させた。

数百メートル先で、山道は二股に分かれていた。どちらの道にも、タイヤの痕がくっきりと残されている。

城所は右の道を選んだ。志村のレンジローバーは左の道に入った。どこまで進んでも、前方から車のエンジン音は響いてこなかった。

鴨下は、自分たちをここに誘い込んで始末する気だったのだろう。きっと闇の病院は別の場所にあるにちがいない。

城所は徒労感を覚えながらも、車を走らせつづけた。

4

ドアに耳を寄せる。

前淳也の部屋だ。かすかにテレビの音声が響いてきた。国分寺にある低層マンションの一〇五号室だ。

城所は外科手術用のゴム手袋を嵌(は)めた。

群馬の山の中で鴨下たちを見失ったのは一昨日(おととい)だ。きのうときょうの二日間、前淳也は欠勤した。

鴨下に、しばらく病院に顔を出すなと言われたのではないか。鴨下も一段とガードを固めていた。接近することもできなかった。

そこで、城所は前淳也を締め上げる気になったのだ。例によって、麻酔溶液を懐(ふところ)に忍ばせていた。

城所は腕時計を見た。もう数分で、午後四時になる。

インターフォンを鳴らす。応答はない。人の動く気配も伝わってこなかった。

城所はノブに手を掛けた。

なんの抵抗もなく回った。ドアを素早く開け、玄関に入る。そのとたん、冷気に包まれた。エアコンディショナーの唸(うな)りが聞こえた。

城所はローファーを脱ぎ、玄関ホールに上がった。

間取りは1DKだった。奥の寝室に入りかけ、城所は足が竦(すく)んだ。

男女の全裸死体が転(ころ)がっていた。

部屋の主は床に横向きに倒れている。シングルベッドに仰向(あおむ)けになっているのは、稲葉悦子と思われる女だった。どちらの首にも、ネクタイが巻きついている。

鴨下が保身のため、二人の口を封じたのか。

城所は二つの遺体に触れてみた。どちらも、まだ温(ぬく)もりがあった。殺されて間がないのだろう。

コーヒーテーブルの上に、白いハンドバッグがあった。

城所は中身を検(あらた)めた。運転免許証から、女が稲葉悦子であることは確認できた。財布、化粧品、ハンカチなどが入っているだけで、闇病院に結びつきそうな物品は携帯していなかった。スマートフォンは見つからなかった。加害者が持ち去ったのだろう。

悦子の衣服は、二人掛けのラブチェアの上にひとまとめにしてあった。ブラウスやスカートのポケットも検(しら)べてみたが、何も入っていなかった。

城所は窓際(まどぎわ)に置かれているテレビの電源スイッチを切り、室内を物色しはじめた。

しかし、臓器の摘出や闇手術に関するメモの類(たぐい)は見つからなかった。二人を殺した実行犯が持ち去ったのか。

城所は部屋を出て、レンタカーの黒いスカイラインに乗り込んだ。

カローラは敵に知られている。そこで、別の車種を選んだのだ。

スカイラインのエンジンを始動させたとき、深町から電話がかかってきた。

「その後、陣内と門脇に怪しい動きは見られません」

「そうですか。前淳也と稲葉悦子が消された」

城所は詳しい話をした。

「鴨下が殺し屋に殺らせたんでしょう」

「そう考えてもいいと思いますね」

「いよいよ追い込みに入るというときに気が引けますが、二日ほど自由にさせてもらいたいんです」

「イザベラの体調がすぐれないようですね？」

「いいえ、彼女は元気です。マニラにいる弟が交通事故に遭ったんですよ」

深町の五つ違いの弟は、大手商社のマニラ支店に勤務していた。まだ独身だった。

「車同士の事故だったの？」

「そうじゃなく、タクシーに撥ねられたらしいんですよ。頭を強く打ったとかで、マニラ市内の病院で昏睡状態に陥ってるという話でした」

「それは心配ですね。深さん、一刻も早くフィリピンに向かってください。こっちのことは、おれがやるから」

「悪いけど、そうさせてもらいます。弟の容態が安定したら、すぐに戻ってきます。それから、イザベラの具合が急に悪くなったときは城所さんに連絡するように言っときましたので、よろしく！」

「わかりました。イザベラのことは任せてください」

城所は電話を切り、レンタカーを走らせはじめた。清瀬に向かう。特殊メイクで顔を変えた原が、鴨下の動きを探っているはずだ。

数分走ると、いつの間にか、黒のワンボックスカーが後ろを走っていた。

車内には、二人の男がいた。ともに色の濃いサングラスをかけている。

赤信号で停止すると、助手席の男が小型無人飛行機(ドローン)を路上に置いた。すぐに男は車内に戻り、黒いコントローラーボックスを抱えた。

性能のいいドローンなら、高速飛行が可能だ。

ドローンには、リモコン爆弾が搭載されているのかもしれない。城所は背筋に冷たいものを感じた。

信号が変わった。

城所はスカイラインを勢いよく走らせはじめた。すぐにドローンが垂直飛行して、追ってきた。

ドローンの操縦者(パイロット)はにやつきながら、レバーを動かしている。運転席の男も、残忍そうな笑みを浮かべていた。

男たちは、鴨下に雇われた殺し屋だろう。助手席の男はドローンをスカイラインにぶつけ、すぐに起爆スイッチを押すつもりなのだろう。そうなったら、レンタカーごと噴き飛ばされることになる。

城所は戦慄に取り憑かれた。

ミラーに目をやると、後ろのワンボックスカーは減速していた。車間距離は四十メートル以上はあった。

城所は前走車と対向車の位置を確かめてから、アクセルペダルを踏み込んだ。

運転テクニックには、少しばかり自信があった。A級ライセンスは伊達ではない。いまこそ、腕の見せどころだ。

城所は前を走っている白いアルファードを追い抜き、反対車線を進んだ。アルファードの運転手が抗議のクラクションを轟かせる。

城所は三台の車をごぼう抜きにしてから、元の車線に戻った。前走車は大型保冷車だ。対向車の流れは切れ目なく繋がっていた。

ワンボックスカーは、前走の三台を抜き去るチャンスを逸した。

城所は肚の中で罵った。

だが、また恐怖に襲われた。ドローンはセンターラインのほぼ真上を飛び、ぐんぐん近づいてくる。しかも、後続の三台は左のウインカーを灯していた。

このまま直進したら、次の交差点でワンボックスカーに追いつかれてしまう。前走の保冷車は、のろのろと走っていた。

交差点が近づいてきた。

信号は、まだ青だ。城所は警笛を鳴らしながら、強引に車を左折させた。むろん、方向指示器は点滅させなかった。

急ブレーキ音が響き、クラクションもけたたましく鳴った。

城所は少し走ってから、スカイラインを脇道に入れた。加速し、また道を折れる。もう撒(ま)けたのではないか。

城所は気を緩(ゆる)めた。そのとき、ミラーに黒い点が見えた。例のワンボックスカーだった。

この車はGPS端末を取りつけられていたようだ。

城所はレンタカーを急停止させ、車体の下を覗き込んだ。

やはり、トランクルームの真下にGPS端末が装着されていた。城所はGPS端末を引き剝(は)がし、道端に投げ捨てた。

ワンボックスカーは、だいぶ近づいていた。ドローンは執拗(しつよう)に迫ってくる。

城所は車に戻り、急発進させた。

ドローンがさらに迫(せま)ってくる。城所は右左折を繰り返し、懸命に逃げた。何も考えられなかった。頭の芯が異常なほど熱い。

やみくもに逃げ回っているうちに、私鉄の踏切にぶつかってしまった。運の悪いことに遮断機は下りている。

線路脇に横道が走っているが、もうバックする余裕はない。道路の左側角は、広い原っぱになっていた。夏草が一面に生い繁っている。ドローンが接近してくる。

城所は急いでレンタカーから飛び出し、野原に走り入った。

ドローンが急降下しはじめた。

城所は野原の端まで逃げた。

だが、その先は高い金網になっていた。行き止まりだ。フェンスの上までよじ登れば、爆死は免れるかもしれない。

しかし、その前に起爆スイッチを押されたら、一巻の終わりだ。ワンボックスカーは、原っぱの際に停まっていた。

助手席に坐ったドローンのパイロットは、にたにたと笑っていた。

どう切り抜けるか。城所はパニックに陥りそうになった。

ほどなくドローンが頭上に達した。城所は横に跳び、ベルトの下からメスを引き抜いた。

すぐにメスを水平に泳がせた。雑草すれすれのところだった。

金属と金属のぶつかり合う音がした。

次の瞬間、ドローンがバランスを失った。派手な爆発音が耳を聾し、火の玉が炸裂した。

城所は草の上を転がった。

ドローンの破片が降ってきた。城所は身を起こした。そのとき、ワンボックスカーが慌ただしく走りだした。

踏切を越え、そのまま逃げていく。

城所は投げ放ったメスを拾い上げると、借りたスカイラインに走った。すぐに車を発進させ、ワンボックスカーを追った。

付近一帯を走り回ってみたが、逃げた車は見つからなかった。

城所は『あかつき養生会病院』にレンタカーを向けた。新青梅街道を突っ切って間もなく、亜弓から電話がかかってきた。

「いま、鴨下に裏取引を持ちかけたとこよ」

「鴨下の娘の身柄を押さえたんだな?」

「ええ。香苗って子なんだけど、まだ子供子供してるの。それに、すっかり怯えてる。やむを得なかったんだけど、なんだかかわいそうになってきちゃった」

「おれも心が痛むよ。で、鴨下の反応は?」

城所は訊いた。

「すぐに話に乗ってきたわ」

「鴨下のような悪どい男でも、自分の子供は大事にしてるんだろう」

「というよりも、自分の名誉に傷がつくことを恐れてるみたいだったわ。それから、一億円はとても都合がつかないって泣きを入れてきたの」

「それで、どうしたんだ？」

「あなたには叱（しか）られそうだけど、わたしの独断で五千万円にまけてあげちゃった」

「欲がないな。ネパールの恵まれない子たちに早く図書館を寄贈したいと言ってたじゃないか」

「その気持ちは変わらないけど、本当に一億円は都合つかなそうだったのよ。だから、それ以上の駆け引きはしなかったの。まずかった？」

亜弓が、ばつが悪そうに問いかけてきた。

「ま、いいさ」

「そうよね。強請（ゆすり）が主たる目的というわけじゃないんだし」

「ちょっと自己弁護っぽいぞ」

「確かにね」

「鴨下とは、どこで会うことになったんだ？」

「午後七時に、新川（しんかわ）の住吉（すみよし）倉庫の前に来てもらうことにしたわ。あそこなら、八丁堀の拷問ハウスとは目と鼻の先でしょ？」

「わかってらっしゃる」

「うふふ。鴨下には独り（ひと）で来いと言っといたけど、念のため、誰かガードをつけてもらえる？」

「おれと志村が行くよ。原ちゃんには、八丁堀で待機しててもらおう」

「深さんは？」

亜弓が訊いた。

城所は深町の実弟がマニラで交通事故に遭ったことを告げたついでに、前淳也と稲葉悦子が口を封じられたことも話した。一昨日の出来事は、すでにメンバーたちに伝えてあった。

「鴨下が誰かに二人を始末させたようね」

「うん、おそらくな」

「鴨下から五千万円の預金小切手を受け取ったら、娘の香苗は解放してやってもいいんでしょ？」

「もちろんさ。娘によく謝っといてほしいな。それから香苗の姿が見えなくなるまで、鴨下をうまく引き留（と）めといてくれないか」

「わかったわ。それじゃ、後ほど！」

亜弓が電話を切った。

城所は目的の病院に急いだ。数十分で着いた。

原は職員専用駐車場の近くに立って、赤いフェラーリに視線を向けていた。ベンツは、かなり離れた路上に駐めてあった。

城所はスカイラインを道の端に寄せ、原に歩み寄った。

気配で、原が振り返る。特殊メイクで、素顔を大きく変えていた。ちょっと見は、外国人のようだった。

「鴨下に動きはないようだな？」

「ええ」

「こっちは、ちょっと危い目に遭ったんだ」

城所は前と悦子の全裸死体を発見した後、ワンボックスカーに乗った二人に命を狙われたことを話した。

さらに深町の弟のことも喋り、鴨下が亜弓との裏取引に応じたことも伝えた。

「そういえば、ラジオのニュースで野原で爆発があったことを報じてましたよ」

「犯人については？」

「まだ何もわかっていないと言ってました」

「そうか」

「いよいよ鴨下を追い込めるのか。楽しみだな」

「原ちゃんは先に例のビルで待機しててくれ。志村には、取引場所に行ってもらう。おれは鴨下の車を追う形で、住吉倉庫に行く」

「わかりました。それじゃ、リリーフしましょう」

原が自分の車に向かった。

城所はレンタカーの中に入り、『マスカレード』に電話をかけた。志村がすぐに受話器を取った。

「おれだよ。群馬の一件では、さんざんな目に遭ったな」

「そうですね。どこまで走っても、敵の車は見えてこなかったんで、分岐点に戻ったら、城所さんも引き返してきた。おそらく奴らは枝道伝いに逃げたんでしょう」

「そうなんだろうな。山の中の出来事だったんで、警察も事件を知らない。だから、手がかりなしだ。それはそうと、鴨下が裏取引に応じたよ」

城所は詳しく説明し、深町の弟のことや前淳也と稲葉悦子が殺されたことも語った。

「あの二人を生かしとくと、おれたちに闇病院のことを知られると思ったんだろうな」

「そっちは七時前に取引場所に行って、妙な影がないかをチェックしてくれ。おれは鴨下の動きを探りながら、住吉倉庫に行く」

「了解！」

志村が電話を切った。

城所は車で『あかつき養生会病院』の周囲をゆっくりと巡った。二人組の黒いワンボックスカーは、どこにも見当たらなかった。

元の場所に戻って、職員専用駐車場を監視しはじめる。

鴨下がフェラーリに乗り込んだのは午後五時半ごろだった。連れはいなかった。

城所は細心の注意を払いながら、赤いイタリア車を追った。怪しい車は、どこからも現われない。鴨下は自分だけで取引場所に赴（おもむ）くつもりらしい。

フェラーリは東久留米市を抜け、新青梅街道に入った。護国寺（ごこくじ）ランプから高速五号池（いけ）袋（ぶくろ）線に乗り、箱崎（はこざき）ＩＣで降りた。

隅田（すみだ）川に沿って走り、永代（えいたい）通りを横切った。ほどなく倉庫ビルの建ち並ぶ地区に入った。あたりは、暮れなずんでいた。

川の対岸は佃島（つくだじま）だ。タワーマンションの灯火が何か幻想的だった。

住吉倉庫前の埠頭（ふとう）に二つの人影が見えた。

亜弓と鴨下の娘の香苗だろう。フェラーリが二人の横に停まった。

城所はスカイラインを倉庫ビルの陰に隠し、抜き足で鴨下の車に近づいた。

フェラーリのそばの暗がりに、スポーツキャップを目深（まぶか）に被った志村が潜（ひそ）んでいた。

鴨下が車を降り、亜弓に歩み寄った。亜弓が鴨下に何か言った。

鴨下が上着の内ポケットから小切手らしき紙切れを取り出した。亜弓がそれを受け取り、鴨下に背を向けた。鴨下の娘らしき少女が左手にある永代橋の方に駆けていった。娘が見えなくなると、鴨下が亜弓に組みついた。亜弓が小さな悲鳴をあげる。

城所と志村は、ほぼ同時に突進(ダッシュ)した。

志村のほうが二人に近かった。彼はピューマのように駆け、鴨下の首に手刀(しゅとう)打ちを見舞った。鴨下が頽(くずお)れる。地にめり込むような崩(くず)れ方だった。

城所は亜弓に走り寄って、鴨下から大きく引き離した。志村が鴨下の片腕を捩(ねじ)上げた。

「危ないとこだったな」

城所は亜弓に言った。

「びっくりしたけど、大丈夫よ。例の小切手はちゃんと貰ったわ」

「車か?」

「ううん、タクシーで来たの」

「それじゃ、おれの借りた車でアジトに戻っててくれないか。レディーに荒っぽい場面は見せたくないからな」

「わかったわ」

亜弓がスカイラインの鍵(キー)を受け取り、レンタカーに走り寄った。

「あの女は麻薬取締官じゃなかったんだな」

鴨下が歯嚙みした。志村が鴨下を立たせた。

「ご自慢の車の助手席に乗せてもらうぜ」

城所は志村に目配せした。

志村が鴨下をフェラーリの運転席に押し込む。城所は素早く助手席に入り、メスを鴨下の脇腹に押し当てた。

「おとなしく運転しないと、開腹手術をすることになるぞ」

「きみらは何者なんだ？」

「いまさら白々しいな。車を出せ！」

「わたしをどうする気なんだ⁉」

「すぐにわかるさ。エンジンをかけろ」

「逃げたりしないよ」

鴨下が力なく言って、イグニッションキーを捻った。

志村が自分のレンジローバーに乗り込んだ。

フェラーリが動きはじめた。鴨下は従順に運転した。志村の車が、後ろから従いてくる。

城所は廃ビルの二百メートルほど手前でフェラーリを停止させ、鴨下の首筋に麻酔ダーツ弾を撃ち込んだ。

「アンプルの中には何が入ってるんだ⁉」

鴨下がダーツ弾を引き抜きかけて、不安顔で問いかけてきた。

城所は答えなかった。

一分ほど過ぎると、鴨下は意識を失った。アンプルの中身は、チオペンタール・ナトリウムだった。

城所は志村と一緒に鴨下を両側から支え、廃ビルまで引きずっていった。近くに人影はなかったが、二人は酔っ払いを介抱する振りをした。

朽ちかけたビルの中に入ると、原が待ち受けていた。鴨下を拷問部屋に引きずり込む。

志村が滑車の真下に鴨下を寝かせ、太いロープで両手首を縛った。原がロープの端を持ち、鴨下を少しずつ吊り上げていった。

鴨下の体が垂直になると、志村と原は大きさの異なる圧力ベルトを手に取った。血圧測定に使うゴムベルトを改良した拷問具だった。

鴨下の首、胸部、両方の太腿に圧力ベルトが巻かれた。それぞれのベルトから細い管が伸び、その先端部分はラグビーボールのような形になっている。

それを押すことによって、圧力ベルト内に空気が送られるわけだ。首のベルトを膨らませると、人間はたやすく窒息死してしまう。

胸部を締めつければ、横隔膜が機能しなくなる。太腿を長いこと締めつければ、確実に筋肉が壊死する。

自白剤を用いるよりも、はるかに効果がある。殴打や刃物で恐怖心を与えるよりも、ずっとスマートだ。さきほどの麻酔の量はわざと少なくしてあった。熱さや痛みを与えれば、徐々に覚醒するはずだ。

三十分ほど待って、城所はロープを手繰らせた。鴨下の体が宙に浮く。

志村が鴨下の靴とソックスを脱がせ、中段回し蹴りを胴に浴びせた。

鴨下の体がサンドバッグのように揺れた。だが、唸りもしなかった。

城所は片膝をついて、ライターの炎で鴨下の足の裏を交互に炙りはじめた。

ややあって、鴨下が唸った。

志村と原が馴れた手つきで圧力ベルトに空気を送りはじめた。四つのベルトが少しずつ膨らみはじめた。

城所は上着のポケットに手を滑らせ、ＩＣレコーダーの録音スイッチを入れた。

「鴨下、よく聞け。死にたくなかったら、こっちの質問に答えるんだな」

「ひどいじゃないか、こんなことをして」

「黙れ！　あんたは『日東生命』の陣内常務や『太陽信販』の門脇社長と共謀して、『あかつき養生会病院』の重症患者を喰いものにしたよな？」

「そんなことはしていないっ」

鴨下が言下に否定した。

志村と原が圧力ベルトに、さらに空気を送る。鴨下が目を白黒させはじめた。

「いつまでも粘る気なら、すぐに死ぬことになるぞ」

「やめろ、苦しい！　病院経営は大変なんだ。『あかつき会』の飯塚会長にもっと収益を上げろと言われて、渋々……」

「何をしたんだっ。言ってみろ」

「言うから、少しベルトを緩めてくれよ」

「駄目だ」

「わたしは患者たちを室料の高い個室に入れ、保険適用外の高度先進医療をつづけて特定療養費を稼いでたんだよ」

「それから？」

「高額医療費を払わせるために陣内常務や義弟の門脇と共謀して、生命保険を担保に患者の家族に消費者金融から借金をさせることにしたんだ」

「やっぱり、そうだったか。過剰検査や高度先進医療で、どのくらい儲けた？」

「苦しい！　苦しくて、うまく喋れない。少し空気を抜いてくれないか」

「いいだろう」

城所は志村と原に合図して、少し圧力を下げさせた。

「多分、三、四十億円は……」

「その大半は、あんたのポケットに入ったわけだなっ」

「そ、それは違う。わたしは理事長兼院長ってことになってるが、実権は経営母体の飯塚会長に握られてた。儲けの大部分は、『あかつき会』に持ってかれてるんだよ」

「あんたの話を鵜呑みにする気はないが、別の質問に移るぞ。あんたは患者に強く献体を勧めて、臓器を摘出してるな。要するに、体よく不法に臓器を盗んでる」

「そ、そんなことは……」

「それどころか、臓器欲しさに救える命も奪ってた。交通事故で担ぎ込まれた若い男が不自然な死に方をして、臓器を抜かれたという裏付けがある。臓器の抜き取りに『善光会』の徳岡理事長が気づいて、三億円の口止め料を要求した。あんたは三億円を払ったが、また無心されると思ってプロの殺し屋に徳岡を始末させた」

「………」

「肯定の沈黙だな」

「待ってくれ。徳岡に三億円を脅し取られたのは、女性関係のスキャンダルをちらつかされたからなんだ。義弟の門脇に相談したら、何とかしてやると言って……」

「徳岡が女性スキャンダルをネタに三億円も要求するかい？　それに、門脇が義兄のあんたのために小沼という男に徳岡を轢き殺すよう依頼したって言うのかっ」

「そうだったんだと思う。わたしは、よく知らないんだ」

「『善光会総合病院』の小野寺院長にも、臓器無断摘出のことを知られたんだな。それで、あんたは誰かに小野寺さんをビルの屋上から投げ落とさせた。そうなんだな」

「その事件には無関係だ。小野寺という男が何か嗅ぎ回ってるという情報は得ていたが、わたしは殺人依頼なんかしてない。嘘じゃないよ。信じてくれーっ」

鴨下が叫ぶように言った。

「堀越千秋の家に手榴弾を投げ込ませたことは認めるな？」

「それも、わたしじゃないっ。千秋や小沼を爆死させたのは、飯塚会長かもしれないな」

「前淳也や稲葉悦子を葬らせたのも、自分じゃないと言うのか！」

「えっ、あの二人が殺された⁉」

「名演技だな」

城所は左目を眇めた。

「わたしが、あの二人を消すわけないじゃないか。二人は、わたしの大事な仕事を手伝ってくれてたんだ」

「その大事な仕事ってのは、闇の臓器移植手術だな？」

「……………」

鴨下が目を逸らした。志村が無言で、首の圧力ベルトを一段と膨らませる。

「や、やめてくれ。く、苦しい！　そう、そうだよ」

「闇の病院は、どこにある？」

「新潟県の妙高高原の近くだよ」

「一昨日の晩、群馬の山の中で消音型の短機関銃をぶっ放して逃げた男は、闇病院の監視どもだなっ」

「そ、そうだ」

「これから、闇病院に案内してもらおう」

城所は鴨下に言って、志村と原に合図を送った。

二人が手早く圧力ベルトを外し、鴨下を床に下ろした。志村が手首の縛めを解くと、鴨下は尻餅をついた。

ソックスと靴を履き終えたとき、原が鴨下の両眼に黒いビニールテープを貼り、サングラスをかけさせた。

城所はICレコーダーの停止ボタンを押し、セブンスターをくわえた。

志村と原が鴨下の腕を取った。鴨下は足を踏み下ろすたびに、小さく呻いた。足の裏の火傷が痛むようだ。

廃ビルの裏から側面を抜けて、表通りに回る。そのとき、城所は道路の反対側に黒いワンボックスカーが駐まっているのに気づいた。助手席の窓から棒のような物が突き出ている。

城所は目を凝らした。

短機関銃の銃身だった。ワンボックスカーが無灯火のまま、勢いよく走りだした。

「志村、原ちゃん、身を伏せるんだ。早く伏せろ！」

城所は二人の仲間に大声で言い、自分も身を屈めた。

鴨下が立ち竦み、サングラスと目隠しを外した。そのとき、ワンボックスカーの中で、赤い点が瞬いた。

銃声は聞こえなかった。何発か被弾した鴨下がぎくしゃくと体を動かし、路上に倒れた。そのまま、身じろぎ一つしない。

ワンボックスカーは走り去った。

『あかつき会』の飯塚会長が刺客を放ったのか。あるいは、陣内か門脇が鴨下の口を封じる気になったのだろうか。

城所は鴨下に駆け寄って、鼻の下に指を近づけた。やはり、息はしていなかった。

濃い血の臭いが夜気に混じりはじめた。

第五章　殺意の暗闘

1

会話は弾まなかった。

城所は、私刑組織の仲間たちと苦い酒を飲んでいた。アジトの『マスカレード』だ。カウンターには、城所のほかに亜弓と原が向かっている。マスターの志村は酒棚に凭れて、ラークを喫っていた。

「フェラーリにGPS端末が付けられてたなんてね。職員専用駐車場を監視してたおれのミスです。そのことに気づいてりゃ、鴨下はあんなことにならなかっただろう」

原が頭髪を掻き毟って、ウイスキーのロックを呷った。

鴨下が射殺されてから、まだ一時間半しか経っていない。城所たち三人はすぐに殺人現場を離れ、ここにやって来たのである。

すでに検視は終わり、現場検証も済んでいるかもしれない。鴨下の遺体やフェラーリからは、城所たち三人の指紋は採取されないはずだ。

ただ一つだけ、小さな不安があった。

鴨下の娘の線から、亜弓が偽装麻薬取締官であることは時間の問題で捜査当局に知れてしまう。しかし、現職の麻薬取締官と亜弓には何も接点はない。したがって、亜弓が怪しまれることはなさそうだ。

「原ちゃん、気にするな。埠頭で鴨下の車をチェックしなかったこっちが悪いんだよ」

「自分だって、同罪です」

志村が城所の語尾に言葉を被せた。すると、亜弓が声を発した。

「誰かに落ち度があったわけじゃないと思う。敵の悪知恵が発達してたってことなんじゃない？」

「優しいんだな、亜弓さんは」

「原ちゃん、そんな色っぽい目でわたしを見つめても駄目よ。あなたは女の敵なんだから。そろそろ結婚詐欺師なんか廃業して、指圧師になったら？」

「指圧師？」

「ええ、そう。自慢のゴールドフィンガーで女性たちの体をマッサージしてあげるのね。ただし、四十歳以下の独身女性はお客さんにしないこと。そうじゃないと、例によって、

『わたしは国際線のパイロットなんです』とか、『世が世なら、殿様なんだ』なんて言い出しそうだもの」

「いまどき、そんな迫り方する結婚詐欺師なんていないよ」

「あら、そうなの。どんなふうに気を惹(ひ)くのかしら？　ちょっと興味あるわ」

「二人っきりになれる場所につき合ってくれたら、こっそり教えてやるよ」

原も軽口で応じる。

城所は心の中で、気まずさを吹き飛ばしてくれた亜弓に感謝していた。しかし、それを口にすることはなかった。気持ちが通い合っていれば、相手の心遣(づか)いには気づくのではないか。きっと亜弓は察してくれたにちがいない。

「鴨下に殺し屋(プロ)を差し向けたのは、誰なんですかね？」

志村が煙草(たばこ)の火を消し、青いバンダナを締め直した。

ドレッドヘアにバンダナはあまり似合っていない。しかし、本人はバンダナをしている自分に満足しているようだ。

「『日東生命』の陣内と『太陽信販』の門脇が、鴨下の口から自分たちの不正が洩(も)れることを防ぎたかったんじゃないか」

原が志村に顔を向けた。

「おれもそう思ったんだけど、門脇にとって、鴨下は義兄でしょ？　そんな相手を殺す気になります？」

「深さんは、門脇や陣内があまり鴨下を快く思ってないって印象を受けてる。おれは陣内たち二人が共謀して、鴨下を葬ろうとしたんだと思うよ」

「そうなのかな」

志村が小首を傾げた。少し間を置いてから、亜弓が口を開いた。

「門脇と陣内は自分たちの悪事の露見を恐れたかもしれないけど、鴨下を始末してしまったら、もう儲けられなくなるわけよね？」

「そういうことになるな」

原が考える顔つきになった。

「強欲な連中が、あっさりおいしいビジネスを捨てる気になるかしら？」

「自分らの悪事が表沙汰になったら、すべてを失うことになる」

「その点は、確かに原ちゃんの言う通りよね。門脇たちはそのことを考えて、鴨下を抹殺する気になったのかな」

亜弓がビールを口に運び、目顔で城所に意見を求めてきた。

「二人を拉致して、締め上げてみよう」

「門脇たちが鴨下に刺客を向けたんだとしたら、どちらも警戒してるんじゃない？」

「それは予想できるな。ガードが固くなったら、簡単には拉致できないだろう」

「でも、女には警戒心をあまり抱かないんじゃないかしら？」

「色仕掛けを使う気だな」

「必要なら、そういう手を使ってもいいわよ。ハニートラップはB級の仕掛けだけどね」

「できれば、紅一点のきみに危険な役は振りたくないな。しくじれば、敵の手に落ちることになる」

「心配してくれるのは嬉しいけど、あまり悠長なことは言ってられないでしょ？　これまでに大勢の死者が出てるんだから」

「それは、そうなんだが……」

「わたしは大丈夫よ」

「わかった。おれが、きみのそばにいてやる」

「騎士道精神は女心をくすぐるけど……」

「おれじゃ、頼りにならないか？」

「正直なところ、ちょっと不安ね。あなたは、めっぽう強いってわけじゃないから」

「言ってくれるな。それじゃ、志村にボディーガードをやってもらおう」

城所は苦笑し、スコッチの水割りを喉に流し込んだ。

「ごめんね。男のプライドを傷つけたくなかったんだけど、わたしは根が正直なもんだから」

「志村、明日から、こっちを弟子にしてくれ。おれもフルコンタクト空手の有段者になって、マッチョマンになる」

「城所さんは、いまのままのほうがいいですよ。別に格闘技の心得はなくても、けっこう強いからね。スマートじゃなくても、闘いは勝てばいいんです」

「妙な慰められ方だな」

「僻まない、僻まない。それはそうと、鴨下は首謀者が『あかつき会』の飯塚会長みたいなことを言ってましたよね。あれ、ただの言い逃れでしょうか？」

　志村が言った。

「こっちは単なる言い逃れじゃないような感触を得たよ。しかし、飯塚が黒幕なのかどうか」

「鴨下は堀越千秋の家に手榴弾を投げ込ませた覚えはないし、前淳也も稲葉悦子も殺らせていないと言ってましたよね。あれは、どうなんでしょう？」

「多分、両方とも嘘じゃないだろう。鴨下の背後にいる人物が、患者の臓器を無断で摘出してることが明るみに出ることを恐れて、不都合な人間たちを独断で始末させたんだと思うよ」

「それから、鴨下は女関係のスキャンダルで『善光会総合病院』の徳岡理事長に三億円を脅し取られたと言っていましたけど」

「あれは事実じゃない気がする。三億円という額から考えてもな。おそらく臓器の無断摘出の件で、鴨下は徳岡に強請られたんだろう。そして、小野寺さんも旧友の息子が『あかつき養生会病院』で臓器を抉られたことを知って、独自に調査してたんだと思うよ」

城所はそう前置きして、小野寺の死が一連の事件と繋がっている可能性がきわめて強いことを三人の仲間に話した。

「闇の病院がわかれば、鴨下が誰に操られてたのかがはっきりするんだが……」

原が言った。

「そうだな。陣内、門脇、飯塚の三人を締め上げて、闇の病院が妙高高原のどのあたりにあるのか吐かせるか」

「三人が口を割らないようだったら、みんなで手分けして妙高高原を駆けずり回れば、何とか探し出せるでしょう」

「もたもたしてると、首謀者は闇病院を封鎖して、いっさいの痕跡を消してしまうかもしれない」

「それ、考えられますね。明日、さっそく三人を痛めつけましょうよ」

「たった一日のうちに三人を拉致するのは難しいかもしれないが、とにかく女検事さんに切り込みの深いスカートを穿いてもらって、せいぜい色目を使ってもらおう」

城所はそう言って、隣の亜弓を見た。

「いっそ素っ裸の上にチャイナドレスをまとおうかな。もろ、悩殺スタイルでしょ？」

「そこまでやる⁉」

「冗談よ。でも、パンティーは二枚穿いてったほうがいいかな」

「何もベッドのある部屋に誘い込まなくてもいいだろう」

「相手は大の大人なのよ。そこまで芝居をうたなければ、警戒心を緩めないでしょ？」

「大胆不敵だね」

「あら、本気にしたの？　ちょっとからかってみただけ」

亜弓が匂うような微笑を拡げ、軽く凭れかかってきた。城所は頭に手をやった。

「妬けるなあ、もう！」

志村がふざけて、ダスターをシンクに叩きつけた。原も口笛を高く鳴らした。

その直後、店の固定電話が鳴った。

志村が受話器を取る。すぐに驚きの声をあげ、送話口を手で塞いだ。

「深さんからです。弟さんが亡くなったそうです」

「なんだって⁉」

城所はスツールから立ち上がり、カウンターの端まで急いだ。

志村が受話器を差し出す。目が潤んでいた。空手使いの志村は厳つい風貌に似合わず、驚くほど涙脆かった。根は優しい人間なのだ。

「弟さんが亡くなったそうですね？」

城所は受話器を耳に当てるなり、深町に確かめた。

「ええ」

「何と言っていいのか……」

「わたしが病院に着いたときは、もう弟は霊安室に運ばれていました」

「タクシーに撥ねられたとき、どんな状態だったんだろう？」

「全身打撲で、意識はなかったそうです。しかし、頭部にはそれほどの損傷はなかったらしいんですよ。内臓は破裂してたそうですがね」

「そう」

「ただ、なんとなく腑に落ちない点があります。弟の遺体を見せてもらったんですが、胸から下腹までメスを入れられてたんですよ。それから左胸の肋骨が二本切断されていました」

深町が言った。

「肋骨切断について、病院はどんな説明をしたんです？」

「心拍が停止したんで、心臓に直に電気ショックを与えたと……」

「そのこと自体は、別におかしな処置じゃありません。しかし、胸から下腹までメスを入れられたというのが妙だな。解剖のとき以外は、そんなことはしないんですよ」

「やっぱり、そうですか。もう一つ気になったのは、弟の腹部がこんもりと膨れ上がってたんですよ。弟は細身でした。しばらく会っていませんでしたけど、急に腹に脂肪がつくとは思えないんです」

「弟さんの腹を触ってみました?」

「ええ。何か詰め物をしてあるような感じがしました」

「もう少し具体的に言ってくれますか」

「粘土の塊か、丸めたパン生地のような感触でしたね」

「どの内臓も、そんなには固くありません」

「そうでしょうね。それで、弟は臓器を抜き取られたんじゃないかと疑ったんですよ」

「話を聞いて、こっちも疑わしいと思いました。深さん、弟さんの遺体をドライアイス詰めにして、そのまま日本にエアカーゴで送るよう手配してくれませんか」

「はい、そうします。それから、もう一つ引っかかる点があるんですよ。弟が担ぎ込まれた病院には、日本人の患者が二十数人もいたんです。フィリピンに大勢の日本人が住んでるといっても、小さな病院にそれだけの邦人患者が入院してることに何か引っかかるものを感じたんですよ」

「院長が日本人なんですか?」

「いいえ、ロガスという名のフィリピン人院長です」

「病院名は？」

「ホセ・フェルナンド病院です、マカティ地区にある。ベッド数が百床前後の規模の病院ですんで、名医が何人もいるというわけじゃないでしょう」

「日本人患者は、どんな病気を患ってるんだろうか」

城所は問いかけた。

「腎臓の人工透析を受けてる者が五、六人いました」

「腎臓ですか。日本もドナーカード・システムはできてるが、肝心の臓器提供者が少ない」

「ホセ・フェルナンド病院にいる日本人たちは臓器移植を受けるために待機してるんではないでしょうか」

「ひょっとしたら、そうなのかもしれないね」

「だとしたら、弟は無傷の臓器をそっくり抜かれた可能性がありますね？」

「エックス線写真を撮れば、臓器を抜かれてるかどうか一発でわかるんだが、まさか病院のスタッフにそれを頼むわけにはいかない」

「ええ、それはね。死体の腹部にエックス線を当ててくれなどと頼んだら、すぐに怪しまれてしまうでしょうから」

「とにかく、弟さんの遺体を日本に運ぶ手続きを急いでくれませんか」

「そうします。遺体を送り出したら、わたしは少し病院のことを調べてみます」

「今夜は、どこに泊まる予定になってるの？」

「マンダリン・オリエンタルにチェックインしたんです。病院から車で十分そこそこの場所にありますのでね」

深町がホテルの部屋番号と電話番号を告げた。

城所はメモした。マカティ地区にある十八階建てのホテルには五年ほど前に投宿したことがあった。

連れは若い女性だった。ほとんど部屋から出ないで、その女と終日ベッドで睦み合った。

亜弓のそばで、そんな思い出話をするわけにはいかない。

城所は鴨下が射殺されたことを手短に伝え、受話器を置いた。自分の席に戻ると、彼は深町から聞いた話を仲間たちに伝えはじめた。

2

死んだように動かない。

『太陽信販』の門脇社長は、仰向けに横たわっていた。新宿の高層ホテルの一室である。

ちょっと麻酔量が多すぎたか。

城所はベッドに腰かけ、紫煙をくゆらせていた。両手に外科手術用のゴム手袋を嵌めていた。鴨下が殺された翌日の正午過ぎである。亜弓が門脇をここに誘い込んだのは、三十分ほど前だった。

彼女はベンチャービジネスを手がける女性社長に成りすまし、門脇に融資の相談を持ちかけたのだ。予め室内に隠れていた城所は商談に熱中している門脇の背後に忍び寄り、彼の太い首に麻酔注射の針を突き刺した。

門脇は少しもがいたが、じきに昏倒した。城所はソファセットやライティング・デスクのある控えの間から、奥の寝室に門脇を引きずってきたのだ。

間もなく亜弓は、『日東生命』の陣内常務をここに誘い込む手筈になっていた。彼女のそばには、護衛役の志村がいるはずだ。原は、『あかつき会』の飯塚会長の動きを探りに行っている。

煙草の火を消したとき、その原から電話がかかってきた。

「飯塚は、今朝早くフィリピンに旅立ったようです」

「フィリピンに？」

「ええ。女性職員の話だと、商用で出かけたということでした。行き先がフィリピンだというのが、ちょっと気になりますね？」

「そうだな。原ちゃんも、こっちに来てくれ」

城所はスマートフォンを黄土色の麻ジャケットの内ポケットに戻し、腰の後ろから自動拳銃を引き抜いた。徳岡から奪ったヘッケラー&コッホ社製のハンドガンだ。

城所は銃口の先に、筒状の消音器を装着させた。十七、八センチの長さだった。サイレンサーの中には、襞のような黒いゴムバッフルが一センチ間隔に並んでいる。そのゴムバッフルが銃声を殺ぐわけだ。

堅気を威嚇するには、こいつが最も手っ取り早い。

城所は掌の上で拳銃を弾ませた。消音器の重みも加わっているから、女性や子供はとても片手では持てないだろう。

部屋のドアが開いた。

「どうぞお入りください。すぐに伯父がまいりますので」

亜弓の声だ。

「大手電機メーカーのワールド電工さんに団体保険にご加入いただけるなんて、夢のようなお話です」

「伯父の会社は社員が二万数千人もいますので、『日東生命』さんも少しはメリットがあるんではありませんか？」

「大変なメリットです。しかも、このわたしをご指名いただけたのですから、光栄なことでございます」

「それはよかったわ」

「なぜ、小社をお選びいただけたのでしょう?」

「将来性があると思ったのです。それから、陣内さんは遣り手の常務さんだという噂を耳にしていましたので」

「おからかいにならないでください。わたしは商売下手で、いつも弊社の会長や社長に叱られてばかりいるんですよ」

「さきほどお願いした件、伯父には内緒にしてくださいね。『日東生命』さんから紹介料をいただくことになってると知ったら、一本気な伯父は怒りだすに決まってますので」

「もちろん、そのことは持ち出しません」

陣内が声をひそめた。

城所はサングラスをかけ、自動拳銃のスライドを引いた。寝室のドアは開け放ってあった。控えの間は、よく見えた。視界に亜弓の姿が映った。特殊メイクのせいで、別人のようだ。

すぐに長身の紳士然とした男が目に留まった。いかにも仕立てのよさそうな夏服を着込んでいる。陣内だ。

「あら、伯父さま、来てたのね」

亜弓が笑いを含んだ声で言った。城所は控えの間に移り、陣内にサイレンサーの先を向けた。

「最初に言っとくが、この拳銃はモデルガンじゃない」

「き、きみはわたしを騙したんだなっ」

陣内が亜弓を睨みつけた。

「あなたが善人なら、こんなことはしなかったわ」

「わたしが何をしたって言うんだっ」

「あなたは鴨下と結託して、『あかつき養生会病院』の重病人の家族を言葉巧みに説き伏せ、『太陽信販』と手を組んで大口の生命保険の契約を取ったわね」

「それは言いがかりだっ。どなたも自ら進んで入ってくださったんだ。決して強制したわけじゃない」

「しかし、重い成人病と闘っている患者の家族たちは、たとえ医療費がどんなに嵩んでも、高度先進医療を受けさせたいと願うでしょう。そうした弱みにつけ込むなんて、あまりにも卑劣だわ」

亜弓が言い返した。

陣内が狼狽し、逃げる素振りを見せた。そのとき、志村が入ってきた。陣内が体を竦ませる。

「素直になったほうがいいわよ。で、どうなの？」

亜弓が詰問した。

陣内は口を引き結んだままだ。志村が気合とともに高く跳び、右の踵を陣内の頭頂部に落とした。

頭蓋骨が鈍く鳴った。陣内は尻から床に落ち、後ろに引っ繰り返った。

城所はICレコーダーの録音スイッチを入れてから、陣内に近寄った。屈み込んで、消音器の先端を陣内の額に押し当てる。

「家族に、あんたの遺言を伝えてやろう」

「撃つな、殺さないでください。確かに、鴨下さんとこの患者の家族をうちの大口保険に積極的に勧誘しました。ゴルフ仲間の鴨下さんに団体保険に加入してほしいと頼んだとき、逆に彼が重病人の家族に、消費者金融と組んで大口の生命保険を掛けさせれば、儲けられるって教えてくれたんですよ」

「都合の悪いことは、鴨下のせいにする気かっ。汚い野郎だ」

「言い訳じゃなく、事実なんだよ。一瞬、わたしは鴨下さんの言ってることが理解できなかった。まさか、医者の口からそんな言葉が出るなんてね」

「そのことを鴨下に言ったのか？」

「言った。いや、言いましたよ。そうしたら、彼は、患者には延命治療の名のもとにいくらでも高額医療を施せる。それで自分は儲け、その治療費をつくるために生命保険を担保にして消費者金融から金を借りさせれば、お互いに儲かるだろうと言ったんだ。これはビジネスだと」

「鴨下に何か条件をつけられたんじゃないのか」

「条件？」

陣内が震え声で問い返してきた。

「そうだ。加入者に、患者が亡くなったら、献体に協力してくれれば掛け金を割り引くと持ちかけてくれって頼まれたんだろう？」

「ああ、そのことか。頼まれた、いや、頼まれました。鴨下さんは、医学の発展のために病理解剖を重ねたいと言ってた」

「その話をまさか鵜呑みにしたわけじゃないよな」

城所は確かめた。

「何か裏があったとでも？」

「それはあんたが一番知ってるんじゃないのか。え？　鴨下の裏ビジネスのことだよ」

「そう言われても、ちょっと見当がつかないな」

「念仏でも唱えてろ！」

「ま、ま、待ってくれ。もしかしたら、鴨下さんが手間のかかる交通事故の怪我人の治療を怠ったことかな。彼は急患の負傷者の多くを故意に死亡させて、出入りの葬儀屋から謝礼を貰ってたんですよ」

「そのことじゃない。鴨下は亡くなった患者から臓器を抉り取って、どこかで闇の移植手術をしてた疑いがあるんだっ」

「ま、まさか⁉ とても信じられない話だ」

陣内が呻くように言った。

「臓器のことは、本当に知らなかったのか？」

「まったく知らなかったよ」

「『太陽信販』の門脇が鴨下の義弟に当たることは知ってるな」

「それは知ってる。失礼、知っていました」

「門脇は寝室のベッドの下で眠ってるよ。麻酔注射で眠らせたんだ」

「彼も罠に？」

「門脇があんたらと組んで、保険適用外の高い医療費を払えなくなった患者の家族たちに、生命保険を担保に高利の金を貸してたんだろうが！」

「ええ、まあ」

「そういう曖昧な返事は好きじゃない。どっちなんだっ」

「門脇君が貸していました」

「それだけじゃないんだろう？」

「門脇君は、ほかに何かやってたの？」

「そいつを訊いてるんだ」

「知りません、わたしは知りませんよ」

「いいだろう。それは門脇に直に訊く。ところで、新潟県の妙高高原に鴨下の別荘があるか？」

「鴨下さんは別荘は持ってませんよ、確か。彼は外車と女に金を遣ってたんで、セカンドハウスを買う余裕なんかなかったでしょう」

「そんなわけはない。鴨下は裏ビジネスで、がっぽり儲けてただろうからな」

「しかし、鴨下さんは雇われ理事長兼院長でしたのでね。病院関係の収益は、『あかつき会』にそっくり吸い上げられてたみたいですよ」

「飯塚会長もダミーなんじゃないのか？」

　城所は問いかけた。

「そのあたりのことはわからないな。いや、わかりません」

「大口保険料は、どのくらい入ったんだ？」

「正確な数字は把握していませんが、二年間で一億数千万円にはなったと思います」

「その金は、そっくり保険契約者たちに返してやれ」

「そんな殺生な！　そんなことをしたら、なんのために苦労したのかわからないじゃないか」

「返すんだ！　返さなかったら、あんたを抹殺する」

城所は立ち上がって、志村に合図を送った。

志村がにたつきながら、陣内を床に這わせた。すぐにスラックスとトランクスを引きずり下ろし、黒いバイブレーターを肛門に突っ込んだ。

「うっ、痛い！　な、何をしたんだっ」

陣内が呻きながら、上体を起こそうとした。

城所は消音器の先を陣内の肩に突きつけた。

「ちょっと保険を掛けるだけだ。這いつくばってろ」

「男にバイブレーターを使うなんて、まともじゃないっ」

「いいから、静かにしてろ。暴れると、尻めどが裂けちまうぞ」

「き、きみらは変態だ。男の体に、そんな性具を使うなんて……」

陣内が言いながら、ふたたび這った。

志村が電動性具の電源スイッチを入れた。握りの部分に乾電池が入っている。小さなモーター音が響きはじめた。

城所は二人から離れた。

「グロテスクな光景ね。醜悪だわ。吐きそうよ」

亜弓がそう言いつつ、デジタルカメラを構えた。

「おかしな動画を撮るな。わたしは変態じゃないっ」

「でも、シンボルが大きくなってきたぜ。あんた、生来、A感覚が鋭いみたいだな」

志村が陣内を茶化し、バイブレーターを一段と深く埋めた。陣内が奇妙な声をあげた。

亜弓がアングルを変えながら、尻を高く突き出している陣内を動画撮影しはじめた。

「何だよ、おっさん！　ビンビンに立ってるじゃねえか」

志村がそう言って、おかしそうに笑った。

「き、きみらは卑劣だ。人間のクズだっ」

「あんたに言われたくねえな」

「なんだ、こりゃ⁉　変だ、おかしいぞ。あっ、駄目だ。出る、出てしまう」

陣内が射精した。

亜弓と志村が顔を見合わせ、同時に吹き出した。城所も笑いを堪えながら、寝室に戻った。門脇の脇腹を思うさま蹴りつける。門脇が長く唸って、瞼を開けた。

城所はサイレンサーの先を門脇の口中に捩入れた。

「『あかつき養生会病院』の患者の家族に貸した金はチャラにしてやれ」

「な、なんだ、いきなり！」

門脇が、くぐもった声で言った。

城所は消音器を喉(のど)の奥まで突っ込んだ。門脇が苦しがって、目に涙を溜(た)めた。城所はサイレンサーを引き抜き、今度は心臓部に当てた。

「あんたがやってることはわかってるんだ。闇病院はどこにある？」

「えっ⁉」

門脇が視線を外した。何か知っている顔つきだった。

城所は門脇の左手首を摑み、掌(てのひら)に銃弾を撃ち込んだ。門脇が唸り、体を縮めた。貫通した弾は、門脇のバックルに当たって大きく跳(は)ねた。

城所は、血塗れの弾を抓(つま)み上げた。室内に、銃弾を遺(のこ)すわけにはいかない。

亜弓が寝室に駆け込んできた。

「大丈夫？」

「ああ、心配ないよ」

城所は亜弓に言って、門脇の腿(もも)にサイレンサーを押しつけた。

「次は、ここだ。早く知ってることは喋(しゃべ)ったほうがいいぞ。鴨下は死んだ前淳也や稲葉悦子に手伝わせて、妙高高原のどこかで闇の臓器移植手術をしてたなっ」

「ああ。しかし、詳しいことは何も知らないんだ。『あかつき会』の保養所の地下貯蔵室を手術室にして、義兄(あに)が心臓、肺、肝臓なんかの移植をしてたことは確かだが……」

「鴨下が自分でそれを認めたのか？」

「そうだよ。義兄は人助けをしてると言ってた。しかし、実際には誰かに闇手術を強いられてたんだと思う」

門脇は言って、右手で左手首をきつく握り締めた。銃創の出血は夥しかった。

「誰かって？」

「そこまでは、わからない。うーっ、痛え」

「鴨下は闇手術のことで、誰かに脅迫されてなかったか？」

「その話は知らない。ただ、『善光会総合病院』の徳岡って理事長には何度かどこかに呼び出されてたようだな」

「闇手術を強いてたのは、飯塚のバックにいる人物だろう。そいつの見当はついてるんじゃないのか？」

「知らないよ、そこまでは」

「フィリピンに『あかつき会』の関係会社があるんじゃないのか？」

「そんなことまで知るかっ」

「あんた、中村梅吉に金を渡して、殺人の身替わり犯になってくれって頼んだよなっ」

城所は言った。

「なんで、そこまで知ってるんだ⁉　何者なんだよ、あんたらは？」

「質問に答えろ」

「義兄に頼まれたんだよ。五十万円渡して、小野寺なんとかって男をビルの屋上から投げ落としたって高輪署に出頭させてくれって。事情がよくわからなかったんだけど、とにかく言われた通りにしたんだ」

「小野寺という名を鴨下から聞かされたのは、それが初めてだったのか？」

「そうだよ」

「あんたと陣内は、鴨下をあまり快く思ってなかったようだな。二人で共謀して、鴨下を殺らせたんじゃないだろうなっ」

「彼の強引さには頭にきてたけど、義兄を殺す気になるわけないだろうが」

「保養所は、妙高高原のどのへんにある？」

「新赤倉温泉スキー場の近くだったと思うよ。行けば、わかるんじゃないのか」

「行く前に、あんたに保険を掛けなきゃな」

「保険⁉」

門脇が怯えた顔つきになった。

城所は志村を呼び、さきほどと同じ拷問を門脇に与えた。陣内と違って、門脇のペニスは昂まらなかった。

亜弓が動画を撮り終わると、城所は二人に麻酔注射をうった。陣内と門脇が意識を失ったとき、原が部屋に入ってきた。

四人は何事もなかったような顔で、すぐに部屋を出た。亜弓は偽名でチェックインしていた。室内にあった薬莢は、もちろん回収済みだった。

「妙高高原には、おれひとりで行ってくる。三人はアジトで待機しててくれ。応援が必要になったら、連絡するよ」

城所は仲間たちに言って、エレベーターホールに急いだ。

3

車の揺れが大きくなった。

林道のアスファルトは、ところどころ剝がれて落ちくぼんでいた。新赤倉温泉スキー場の裏山だ。

城所はBMWを運転しながら、ちょくちょくルームミラーとドアミラーに目を向けた。不審な車は追尾してこない。林道の両脇には、樹々が生い繁っている。民家も別荘も目につかなかった。

午後五時を少し回ったばかりだ。

陽射しはだいぶ和らいでいるが、まだ黄昏は迫っていない。蟬がかまびすしく鳴いている。

　さらに五分ほど走ると、急に視界が展けた。アルペン風の大きな山荘が建っていた。敷地はとてつもなく広い。自然林をそのまま囲んであった。建物の周りには、白樺が形よく植えられている。保養施設だ。

　城所は枝道に車を隠し、ロッジに近づいた。

　広い車寄せには、一台も車が駐められていない。人のいる気配もうかがえなかった。

　城所は敷地の中に足を踏み入れた。

　生コンクリートの小さな塊が幾つか地面に落ちていた。コンクリートミキサー車から、零れたのか。まだ生乾きだ。

　地下貯蔵室に生コンを流し込んで、闇の手術室の痕跡を消したのだろう。

　城所は大型ペンションほどの大きさの建物に走り寄った。高床式の構造で、地下貯蔵室は半分だけ土の中に埋まっていた。土台の部分に、矩形の採光窓が幾つかあった。

　採光窓の一つから、地下貯蔵室を覗く。

　窓のすぐ下まで、生コンクリートが流し込まれていた。手術台、麻酔装置、高圧消毒器、補助用発電機の類はコンクリートで固められてしまったのだろう。

　天井を見ると、電線や無影灯を外した跡がくっきりと残っていた。外し忘れた留具の一部が目に留まった。

ここで、闇の臓器移植手術が行なわれていたことは間違いない。

城所は確信を深め、ポーチに回った。表玄関の両開きの扉は施錠(せじょう)されていた。サンデッキに上がり、建物の横に移動した。

一階の窓は鎧戸(よろいど)で、すべて閉ざされていた。

城所は大広間(サロン)らしき部屋の鎧戸を外し、デッキチェアでガラスを叩き割った。半円形のクレセント錠を外して、ロッジの中に土足で入る。

やはり、侵入した部屋は大広間だった。

北欧調のソファセットが数組置かれ、ロビーの向こうは大食堂になっていた。城所は大食堂に向かった。

テーブルや椅子は、きちんと並んでいる。大食堂の厨房(ちゅうぼう)に入ると、城所は真っ先に業務用の大きな冷蔵庫の扉を開けた。

プラグは抜いてあった。冷凍室の中を覗くと、空のステンレス容器が入っていた。生理食塩水や抗生物質の溶液などを入れていたのだろう。

厨房の奥に、地下貯蔵室の出入口があった。白い鉄扉(てっぴ)はロックされていた。扉の隙間(すきま)から、消毒薬の臭(にお)いがかすかに漂(ただよ)ってくる。

城所は廊下に出て、奥の部屋に向かった。

本来は客室だったと思われる四室は、移植手術を受けた患者の病室に使われていたようだ。点滴のリンゲル液の染みらしきものが床板に見える。

ベッドは一般のものだった。寝具には、消毒液の臭いが染み込んでいた。

城所は玄関ホールに戻り、幅の広い階段を上がった。

廊下を挟んで、両側に五部屋ずつあった。城所は一室ずつ入念に検べた。

しかし、レシピエントのリストやカルテは、どこにもなかった。また、鴨下の背後にいる人物を浮かび上がらせるような物品も探し出せなかった。

無駄足だったか。

城所は階下に降り、大広間からサンデッキに出た。

その瞬間、銃弾が疾駆してきた。銃声は聞こえなかった。

城所はサンデッキに腹這いになり、腰のベルトに挟んであった消音器付きの自動拳銃を引き抜いた。素早くスライドを引く。

敷地内の林から、消音型の短機関銃を抱えた男が現われた。

三十歳前後で、体軀が逞しい。初めて見る顔だ。

動作は、きびきびしている。ただの暴力団員ではなさそうだ。

男が手にしている短機関銃は、ドイツ製のヘッケラー&コッホMP—5SD3だった。

発射速度は毎秒八百発という代物だ。

こんな所にいたら、全身を蜂の巣にされてしまう。

城所は少しずつ退がり、ロッジの大広間に逃げ込んだ。

すぐに無数の銃弾が飛んできた。ソファセットや壁に弾がめり込んだ。照明器具も撃ち砕かれた。

城所は恐怖で縮み上がった。意味もなく叫び出したい気持ちだった。くたばって、たまるか。死にもの狂いで闘えば、何とかなるだろう。

城所は自分に言い聞かせ、玄関ホールまで這い進んだ。

階段を駆け上がり、廊下の奥まで走る。城所は左手の部屋に飛び込み、ベッドから毛布を引き剝がした。それを丸めて、脱いだ上着でくるむ。城所はベッドを手前に引き出し、丸めた毛布を壁とベッドの間に突っ込んだ。

廊下に荒々しい足音が響いた。

城所は窓から這い出し、小屋根に降りた。窓を閉めきらないうちに、部屋のドアを蹴破る音がした。

城所はしゃがみ込んで、素早く拳銃を構えた。

室内で、小さな連射音がした。軽い咳のような音だった。

城所は両開きの扉の片側を細く開け、部屋の中を見た。

男が丸めた毛布に銃弾を浴びせている。城所は引き金を一気に絞った。放った弾は、男の左の太腿に当たった。

男はよろけながらも、銃口を窓の方に向けてきた。銃弾でガラスが砕かれる。

城所は外壁にへばりついた。

少し経つと、窓から短機関銃の銃身が突き出された。城所は熱く灼けた銃身を左手で摑み、自動拳銃の銃口を相手の胸に突きつけようとした。

と、男が手で払った。弾みで、最後の一弾が暴発した。弾は、窓枠に深く埋まった。

男が短機関銃を凄まじい力で引き戻そうとする。

城所は銃把で、相手の顔面をたてつづけに二度強打した。鞣革を叩くような音が響く。

男の上瞼が切れ、鮮血が噴いた。それでも、右腕の力を緩めようとしない。左手でショートアッパーを放ってきた。

城所は顎を打たれた。強烈なパンチだった。

舌を嚙んでしまった。口中に血の味が拡がった。鉄錆臭かった。

「この野郎！」

男が城所の右手首に手刀を叩き込んだ。

瞬間、痺れが走った。拳銃が小屋根に落ちた。

男が短機関銃に両手を掛け、一気に引こうとした。

城所は男の左腕に歯を立てた。二の腕の部分だった。

男が呻き、左腕を振り払おうとした。城所は男の後ろ襟を右手で深く摑み、力一杯に引いた。男は窓から首を突き出す恰好になった。

城所は腰を捻った。男を背負うような形になった。

「サブマシンガンを寄越すんだ」

「絞め殺してやる」

男が左腕で城所の喉を圧迫しはじめた。

息が詰まった。目も霞んできた。このままでは、絞め殺されることになる。

城所は背負い投げを掛けた。

男が窓から飛び出し、小屋根の上でバウンドして庭に落下した。

短機関銃も一緒に落ちた。俯せに倒れた男は微動だにしない。

城所はチノクロスパンツのヒップポケットからハンカチを抓み出し、自動拳銃に付着した自分の指紋を拭った。

拳銃を小屋根に置き、窓から部屋の中に戻った。焼け焦げた穴だらけの上着を毛布から剝がし、階下に駆け降りた。

そのまま大広間から庭に走り出て、倒れた男に近寄った。

すでに男は息絶えていた。首が捩切れた形だった。

城所は男の所持品を検べた。

身許のわかるような物は何も持っていなかった。シャツの胸ポケットには、一葉の写真が入っていた。

被写体は城所だった。小野寺の仮通夜のときに、隠し撮りされたものだ。

プリントには数字が走り書きしてあった。スマートフォンの番号のようだった。

このナンバーを使っている者が、殺しの依頼人なのだろう。

城所はプリントを上着の右ポケットに入れ、短機関銃の銃身を神経質にハンカチで拭った。

保養施設の敷地を出て、BMWまで走る。助手席に置いていたスマートフォンを摑み上げ、写真の裏のナンバーを押した。

しかし、電波が届かない場所らしく、電話は繫がらなかった。

もっと町に近い所から、また電話してみよう。

城所は車に乗り込み、登ってきた林道を下りはじめた。

斑尾高原、野沢温泉を抜けて、六日町ICから関越自動車道の上り線に入った。湯沢ICにたどり着く前に、陽は完全に沈んでいた。

志村から電話がかかってきたのは、水上ICを通過した直後だった。

「少し前に、深さんから電話がありました。夜が明ける前に、弟さんの遺体がホセ・フェルナンド病院から消えたらしいんですよ」

「消えた⁉　誰かが遺体を盗み出したってことだな？」

「ええ、そうなんだと思います。深さんの話だと、病院関係者の説明はしどろもどろだったそうです」

「深さんがどうしても遺体を空輸すると言い張ったんで、病院は遺体をどこかに隠したか、こっそり焼いてしまったんだろう。臓器の抜き取りがバレるのを恐れてな」

城所は言った。

「深さんも同じことを言っていました。それで、病院のことを少し調べてみたら、なんと『あかつき会』が経営権を握ってたらしいんですよ。それから、マニラ在住の日本人がこの一年間に九人も轢き逃げ事故に遭って、全員、ホセ・フェルナンド病院で死亡してるっていうんです。それに、この病院にかかっている日本人患者はみな大企業の役員、政治家なんかの知人ばかりらしいんです」

「その九人は故意に車に撥ねられて、病院で臓器を勝手に抜かれたにちがいない」

「それじゃ、ホセ・フェルナンド病院に入院してる日本人たちは、無断で抉り取られた同胞の臓器を移植してもらってるんですかね」

「多分、そうなんだろう。レシピエントたちは、病院がまともなルートから臓器を入手してると信じてるにちがいない」

「城所さんの推測通りだったとしたら、とんでもない病院ですね。おれ、赦せないな」

志村が憤った。城所は自分も同じ気持ちであることを伝え、妙高高原での出来事をかいつまんで語った。

「ひと足遅かったですね」

「しかし、おれを消せと命じた奴の正体は間もなくわかるだろう」

「そうですね。おれたち、ここで待機してますんで、いつでも緊急出動の命令を出してください」

志村が電話を切った。

城所は運転に専念した。数キロ走ると、今度は小野寺恵美から電話があった。

「きょう、母と一緒に『善光会総合病院』に行って、父の私物を片づけてきました。父が使ってたパソコンのＵＳＢメモリーがおかしな場所に隠されてたんですよ」

「どこにあったんです？」

「院長室には洗面台があるんですけど、その台の下の排水パイプの後ろにビニール袋に入ったＵＳＢメモリーがビニールテープで留めてありました。母が洗面台の下から中性洗剤の容器を取り出そうとして、たまたま発見したんです」

「ＵＳＢメモリーには何が？」

「父のお友達の息子さんが交通事故に遭ってから『あかつき養生会病院』で亡くなるまでのことが克明に綴られ、処置方法に対する疑問点もまとめられてました。それから鴨下院長が患者の内臓を無断で摘出している疑惑が深まったことと、鴨下院長の背後にＭという男がいると思われると記してありました。Mという頭文字に、誰か思い当たりませんか？」

「すぐには、ちょっと……」

「そうですか」

「そのUSBメモリーは、いま、自宅にあるんですね？」

城所は訊いた。

「はい」

「できたら、ちょっとお借りしたいんですが、どうでしょう？」

「ええ、どうぞ。いま、どちらにいらっしゃるの？」

「ちょっと遠い所に来てるんですよ。近いうちに、お宅に伺います」

「わかりました。それでは、お待ちしてます」

恵美の声が途絶えた。

小野寺は、なぜ鴨下を操っている人物の名をイニシャルにしたのか。まだ確証を摑んでいなかったのか。それとも、Mの本名を明記することに何かためらいがあったのだろうか。仮に後者だとしたら、Mは面識のある人物にちがいない。

それも、多分、医師だろう。頭文字がMの医者は少なくない。自分の医大の同期生の中にも、森山、皆川、宮崎、松坂がいる。麻酔科医時代の職場に茂手木、松橋、真崎がいた。かつて城所を罠に嵌めた先輩麻酔科医の水谷公敬もMだ。

そういえば、あの男はどうしているのか。

城所は、全日本医師会の役員の息子のことをふと思い出した。出所したときは、すでに水谷は職場を去っていた。

医者仲間は城所を気遣って、誰も彼の前では水谷の話をしなかった。城所自身も、水谷の消息など気にもかけなかった。思い出したくもない相手だった。

城所はスピードを上げた。

高崎ＩＣを通過したころから、尿意を覚えはじめた。城所は上里ＳＡに入った。トイレに駆け込み、ついでに缶コーラを買った。

車内に戻り、缶のプルタブを引き抜く。半分ほど一息に飲み、シャツの胸ポケットから自分の写真を抓み出した。

裏の数字を目で確かめながら、キーパッドを押す。

すぐに電話は繋がった。だが、城所はわざと呼びかけなかった。

「植松さんだね？」

あろうことか、山室俊夫の声だった。城所は作り声で、短く応じた。

「城所を始末してくれたね？」

「ああ」

「そうか。これで水谷さんも安心するだろう」

「植松さん、なんか様子が変だな。声もいつもと少し違う」

「………」

「夏風邪ひいちまってね」

城所は作り声で言って、通話終了アイコンをタップした。

頭が混乱して、考えがまとまらない。山室は、小野寺の愛弟子(まなでし)のような存在だった。その彼が、なぜ自分に刺客を差し向けたのか。さきほどの電話の問いかけで、山室が水谷と繋がっていることは間違いないだろう。

そして、Ｍは水谷と考えてよさそうだ。どうやら一連の事件の黒幕は、水谷らしい。山室は首謀者と通じていた。彼は、こちらの動きを水谷に報告していたと思われる。

水谷を締め上げよう。城所はアジトに電話をした。

志村が受話器を取った。城所は山室俊夫の勤務先と自宅を教え、すぐに拉致して八丁堀の廃ビルに連れ込んでくれと命じた。

志村と原が山室を押さえたという連絡が入ったのは、ＢＭＷが川越(かわごえ)ＩＣに差しかかったときだった。山室は城所からの電話に異変を察し、自宅から逃げ出す寸前だったらしい。

城所は志村たち二人の労を犒(ねぎら)って、さらに加速した。

練馬(ねりま)の料金所を出ると、ひたすら八丁堀に急いだ。廃ビルの裏に車を横づけしたのは、十一時五分過ぎだった。

拷問部屋に入る。逆海老固めに針金で縛られた山室が床に転がっていた。そのそばに、志村と原がいる。亜弓の姿は見当たらない。

志村が歩み寄ってきて、小声で告げた。

「霞が関は店にいます」

「そうか。そのほうがいいだろう」

城所は言って、山室に近寄った。

山室は口の中に、スポンジボールを突っ込まれていた。何か言い訳したげな顔つきだった。

城所は憎悪を込めて、山室の顔と脇腹を交互に蹴った。少しも加減はしなかった。山室は喉の奥で呻いて、胸部を軸に左右に揺れた。両手首と両方の足首は一本の針金で結ばれている。そのせいか、どことなく帆掛け船のように見えた。

城所は滑車のフックを手首と足首の結び目に引っ掛け、山室を天井の近くまで吊り上げた。山室の体はモビールのように、くるくると回っている。

城所はロープから両手を放した。

山室は垂直に落ち、胸板や腰をコンクリートの床に打ちつけた。城所は同じことを五度繰り返した。山室はぐったりとして、鼻だけで呼吸している。

城所は屈み込んで、山室の頰を強く手で挟みつけた。

山室がスポンジボールと一緒に血反吐を床に散らした。鼻血で口許が赤い。

「小野寺先生を殺させたのは、水谷だったんだなっ」

城所は声を張った。

「最初は知らなかったんだよ。でも、そうだと思う。徳岡、小沼、堀越千秋、中村梅吉、前淳也、稲葉悦子、鴨下の七人を植松たちに始末させたのは、水谷公敬だから。それに、臓器移植を手伝わせていた医療スタッフも闇に消えたから、安心だと言っていたし」

「植松が殺し屋集団のリーダーなのか？」

「いや、彼はメンバーの一員にすぎない。リーダーは尾形厚って元ＳＰで、元傭兵、やくざ崩れ、格闘家崩れたち六人を束ねて、水谷の私兵を務めてるんだよ。小沼もメンバーのひとりだったんだ」

「おれの写真を隠し撮りした足の速いおっさんは何者なんだ？」

「その男は、水谷が雇った私立探偵だよ。若いころ、百メートルで国体に出たことがあるらしいんだ。成毛って名だったかな」

「なんだって、水谷のスパイになんか成り下がったんだっ」

「おれは水谷に弱みを握られてしまったんだ」

山室が小声で呟いた。

「どんな弱みを握られたんだ？」

「おれは十二歳以下の女の子にしか性的な興味が湧かないんだよ。それで、タイのチェンマイの少女売春宿によく行ってたんだ。そのときの写真をさっき話した成毛に盗み撮りされてしまったんだ。小野寺先生に闇の臓器移植のことを嗅ぎつけられた水谷は、おれを内通者にする目的で成毛にこちらの弱みを押さえさせたんだろう。小野寺先生の情報を伝えてはいたけど、まさか殺害してしまうとは思わなかったんだ」

「ばかな野郎だ。救いようがないな」

「鴨下院長も帝都大病院勤務時代に、水谷に弱みを握られたんだ。鴨下は、当時の愛人だったクラブホステスを絞殺してるんだよ。たまたま水谷は、その店の常連客だったんだ。死んだホステスと鴨下の関係を知ってたらしくて、水谷は鴨下の犯行だと直感したそうだよ」

「鴨下はその弱みをちらつかされて、『あかつき養生会病院』の理事長兼院長にさせられ、患者を喰いものにしろと命じられたんだな。それから、臓器の抜き取りや闇の移植手術も強要されたってわけだ」

城所は言った。

「そうだよ。水谷は病院医を辞めてから『あかつき会』の飯塚をダミーにし、父親の威光と財力を後ろ楯にして病院の乗っ取り屋になったんだ。しかし、それだけじゃ旨味が少ないんで、臓器の闇手術まで裏ビジネスにしたのさ。水谷は高級ヘルスセンターのチェーン化をしたがってるんだ」

「小野寺先生は、鴨下の後ろに水谷がいることを見抜いたから殺されたんだな？」

「そうだよ。旧友の倅が西東京市の病院で妙な死に方をしたことに疑いを持って、自分で調査なんかするから……」

「やっぱり、そうだったか。徳岡は何をネタにして、『あかつき養生会病院』を強請ったんだ？」

「徳岡は闇手術のことで、鴨下から三億円を脅し取ったんだよ。おそらく小野寺先生の部屋に忍び込んで先生の弱点を探してるときにでも、偶然にそのことを知ったんだろう」

「水谷はマニラのホセ・フェルナンド病院でも、闇の臓器移植をしてるな。それも故意に殺した救急患者の脳死死体から抉り取った臓器で」

「そのへんのことはよく知らないんだ。でも、水谷がその病院を経営してることは確かだよ」

「水谷は、いま、どこにいる？」

「三日前からマニラホテルに泊まってる。フィリピン人俳優を愛人にしてるんだ。マリア・ラファエルって名だったかな」

「マニラに一緒に行った番犬は?」

「尾形だけだよ。小野寺先生にはすまないと思ってる。しかし、仕方がなかったんだ。城所、わかってくれよ」

山室が哀願した。

「無理だな」

「おれたち、同期生じゃないか」

「おまえは、おれの死を望んだ。それ以前に、恩人の小野寺先生を裏切ってる。そんな人間に生きる資格はない。くたばれ!」

城所はメスを抜くなり、山室の頸動脈(けいどうみやく)を深く搔(か)っ切った。

血煙が噴いた。山室の首が、がくりと垂れた。

原がポケットからICレコーダーを取り出し、掌の上で弾ませた。

城所は、ほくそ笑んだ。

4

猛烈に暑い。

頭がくらくらする。全身が気(け)だるかった。

ツーリスト専用出口は混雑していた。マニラのニノイ・アキノ国際空港である。

城所はロビーに目を向けた。出口の目の前に、深町が立っていた。

二人は目と目で挨拶（あいさつ）を交（か）わした。

城所の後ろには、亜弓、原、志村の三人がいた。固まって歩いているわけではない。五、六メートルの間隔を保っている。

敵の目を欺（あざむ）くためだ。

山室の死体を硫酸クロムの液槽に浸（つ）けて白骨だけにしてから、三日が経っていた。骨は完全に灰にして、公衆トイレの水洗便器から下水道に流してしまった。

城所は出口のゲートを出た。

ロビーを歩いていると、さりげなく深町が肩を並べた。彼は不自然な笑顔で、覚えたてらしいタガログ語を使った。

「ようこそ（マブーハイ）」

「深さん、無理しなくてもいいんですよ。弟さんが死んだばかりじゃないですか」

「悲しいときは、できるだけ明るく振る舞ってみる。そうすると、なんとなく元気になれるもんだ。誰かが、そんなことを言ってました。ご機嫌いかがですか？（クムスタ・ポ・カーヨ）」

「深さん！」

「すみません。道化（どうけ）ていないと、なんだか辛（つら）すぎて……」

「まだ弟さんの遺体は見つかってないのかな？」

「ええ。おそらく焼かれたか、山の中にでも埋められてるんでしょう」

「水谷は、きっちり裁こう」

「メンバーのみんなを巻き込む形になってしまって、心苦しく思っています」

「深さん、勘違いしないでください。別におれたちは、個人的な復讐の手伝いをする気でフィリピンに来たわけじゃない。自分の野望を叶えるため、たくさんの人間を虫けらのように殺させた水谷が赦せないんですよ」

「ええ、わかっています」

「それはそうと、水谷はホテルのスイートルームにフィリピン人俳優と籠ってるのかな？」

城所は話題を変えた。

「ええ。同じ階の別室には、用心棒の尾形が泊まっています。飯塚はホセ・フェルナンド病院にいます」

「それじゃ、打ち合わせ通りに原ちゃんと志村に飯塚を押さえさせます。おれたち三人は、別々にマニラホテルに向かいましょう」

「わかりました。それじゃ、お先に」

深町が足を早めた。

城所はテレフォンブースに歩み寄り、亜弓、原、志村の三人を先に行かせた。あたりを見回したが、逃げ足の速い探偵の姿は見当たらなかった。

城所は喫煙コーナーで一服してから、到着ロビーを出た。

すでに仲間たちの姿は消えていた。城所は冷房付きのタクシーに乗った。

エア・コンディショナーのないタクシーよりも基本料金は、六ペソ（一ペソ＝三円）ほど高い。それでも、わずか十六ペソだ。後は走行距離によって、一ペソずつ料金が加算される。

国際空港からマニラ市内までは、およそ十キロ離れている。

目的のマニラホテルは、マニラ湾に面したサウスポート地区にある。各国の著名人が宿泊名簿に名を連ねる超デラックスホテルだ。

「商用ではないようですね？」
四十一、二歳の運転手が英語で話しかけてきた。城所も英語を使った。
「ちょっと遊びに来たんだよ」

「お客さんは旅馴れてるようですね」

「どうして、わかるのかな」

「小さなトラベルバッグしかお持ちになっていませんでしょ？　それで、そう感じたんですよ」

「わたし、日本の方は好きです。いちばん下の妹が日本人男性と結婚したんですよ。山形県で農業をやっています」

「なるほど」

「話が飛びますが、エルミタの歓楽街に白人女性だけを集めたナイトクラブができたんですよ。その店の支配人は幼馴染みなんです。気が向いたら、行ってやってください」

「そう」

「せっかくだが、あまり時間がないんだ」

城所は気のない返事をした。

タクシー運転手がとたんに無愛想になった。ナイトクラブに客を送り込むと、いくらか紹介料を貰えるのだろう。

二十分ほど走ると、タクシーはマニラホテルの玄関前に横づけされた。白い外壁と緑色の屋根のコントラストが美しい。

城所は料金にチップを加えて、車を降りた。

午後四時を数分過ぎていた。だが、まだ陽射しは強かった。

ホテルの広いロビーに入ると、亜弓と深町は別々のソファに腰かけていた。

城所は先に深町に近寄り、尾形の部屋番号を教えてもらった。それから彼は、亜弓と背中合わせに坐った。

「もう十分したら、十八階の尾形の部屋に行こう」

「了解！」

亜弓が短く答えた。

城所は煙草を一本喫ってから、ロビーの奥にある男性用トイレに入った。待つほどもなく深町がやって来た。

城所はコマンドナイフと昆虫採集用の注射器セットの入った小さな包みを受け取り、大便用のブースの中に入った。

トラベルバッグのパッチポケットから薬瓶を取り出す。中身は、静脈麻酔溶液のプロポフォールだった。もちろん、国外持ち出しは禁じられている。裏技を使ったのだ。昆虫採集用の注射器は三本あった。全部に針をセットし、麻酔溶液を吸い上げる。

三本の注射器を箱の中に戻し、麻ジャケットの内ポケットに収めた。コマンドナイフは革鞘（かわざや）ごとベルトの下に突っ込んだ。腰の左側だった。

城所はトイレを出ると、エレベーターホールに向かった。亜弓が追ってきた。深町も来た。二人は深町にトラベルバッグを渡し、函（ケージ）の中に入った。

無人だった。防犯カメラが設置されている。まだ注射器を取り出すわけにはいかない。

十八階に着いた。

二人は尾形のいる部屋に急いだ。城所は歩きながら、上着の内ポケットから注射器の入った箱を取り出した。注射器一本を抓み出し、箱をポケットに戻す。ゴム手袋を両手に嵌めた。

特殊メイクで顔を変えた亜弓が、一八〇七号室のドアをノックした。すでに彼女は、絹の白い手袋をしていた。男の声で応答があった。

城所は注射器を左手に移し、ポンプ内の空気を抜いた。針は上向きだった。

革鞘の留具を外して、コマンドナイフを引き抜く。刃渡りは二十センチ近かった。

「『J&Sクラブ』のコンパニオンです。尾形さんですね?」

コールガールに成りすました亜弓が、小声で確かめた。

「コンパニオン?」

「ええ。水谷さんに、尾形さんをおもてなしするようにと……」

「そういうことか」

男が上機嫌に言って、ドアを開けた。

亜弓が部屋に入るなり、尾形に抱きついた。その瞬間、城所は部屋の中に躍り込んだ。

すぐ目の前に、目を見開いた凶暴そうな顔つきの四十年配の男が立っていた。尾形だ。色が浅黒く、眼光が鋭い。

尾形が反撃する気配を見せた。すかさず亜弓が、膝頭で尾形の股間を蹴った。

元SPも、女には油断していたらしい。呻いて、前屈みになった。

城所はナイフの切っ先を尾形の首筋に当て、低い声で命じた。

「拳骨(げんこつ)をこしらえて、片腕を前に突き出せ」

「何をしやがる気なんだっ」

「早く言われた通りにしろ。喉を破れた提灯(ちょうちん)みたいにしてほしいのかっ」

「わかったよ。そう苛(いら)つくな」

尾形が拳(こぶし)を固め、左腕を前に出した。すぐに亜弓が、尾形の腕を固定させた。

城所は、尾形の静脈に注射針を突き刺した。一気に麻酔薬の溶液を注入する。

尾形が不安そうな顔になった。一分そこそこで、床に頽(くずお)れた。

亜弓が尾形の懐(ふところ)からベレッタ92Fを抜き、部屋に駆け込んできた深町に渡した。

イタリア製の自動拳銃だが、アメリカ海軍の特殊部隊員たちに使われている。尾形は、マニラで手に入れたようだ。

フィリピンで銃器を入手することは、割にたやすい。拳銃を横流しする軍人や警官が多いからだ。また、セブ島では密造銃が大量に製造されている。安い拳銃なら、日本円にして数千円で買える。

もっとも粗悪品が多い。しばしば作動しなくなるから、危険は危険だ。弾詰(たまづ)まりによって、自分の腕や顔面を傷つけかねない。

「六発入っています」

深町が小声で言って、弾倉を銃把の中に戻した。

城所は倒れた尾形を部屋の奥まで引きずっていった。ツイン・ベッドルームだが、女の匂いは感じられなかった。

尾形は最低二時間は目を覚まさないはずだ。

少し経ってから、原と志村に両腕を取られた年配の男が一八〇七号室に入ってきた。飯塚だった。

戦いていた。顔に血の気はない。唇がわなわなと震えている。

「二人はここに残ってくれ」

城所は亜弓と原に言って、志村に合図を送った。

志村が飯塚の片腕を捩上げた。深町がベレッタ92Fの銃口を飯塚の脇腹に押しつけた。

城所は三人の後から部屋を出て、水谷のいるスイートルームに向かった。

その特別室には、大きなインターフォンが付いていた。城所はチャイムを鳴らし、飯塚に名乗らせた。

ややあって、スピーカーから水谷の不機嫌そうな声が響いてきた。

「何か急用か？」

「ええ、ちょっと困ったことが……」

「何があったんだ？」

「ここでは話せないことなんですよ。五分だけ部屋に入れてくれませんか」

飯塚が頼み込んだ。水谷が渋々、ドアを開ける。ベレッタを握った深町が、真っ先に室内に飛び込んだ。

水谷が驚きの声をあげ、棒立ちになった。

志村が飯塚の肩を押した。城所も部屋に入って、後ろ手にドアを閉めた。

白いバスローブを羽織った水谷は、何か信じられないものを見たような顔で突っ立ったままだった。頭髪が濡れていた。愛人とバスルームで戯れていたのだろう。

「女を押さえてくれ」

城所は志村に指示した。

志村が奥に走っていった。城所はおもむろに注射器を小箱から取り出し、飯塚の体内に麻酔薬溶液を注ぎ込んだ。『あかつき会』のダミー会長は、呆気なく昏睡状態に陥った。

「このクズ野郎！」

城所は空になった昆虫用の注射器を水谷に投げつけた。

注射針は水谷の左の頬に突き刺さった。水谷が針を引き抜き、足許に投げ捨てる。

「これは、どういうことなんだっ」

「白々しいな」

城所は上着の右ポケットに手を滑らせ、ＩＣレコーダーの再生ボタンを押した。鴨下の声が流れはじめる。

水谷の顔が引き攣った。城所は左ポケットのマイクロテープも回しはじめた。山室の声が流れると、水谷はうなだれた。

「わたしは深町渉の兄だ。弟をタクシーにわざと撥ねさせて、ホセ・フェルナンド病院に担ぎ込ませたなっ」

ふだんは物静かな深町が、気迫の籠った怒声を放った。

水谷は目をしばたたいただけで、口を開かなかった。深町が銃身を握り、銃把で水谷の眉間を殴った。骨と肉が鈍く鳴った。

水谷が体をくの字に折りながら、純白の絨毯の上に仰向けに倒れた。下腹部を不様に晒した。

城所はレコーダーを停止させた。

深町がベレッタのスライドを滑らせ、引き金に指を深く巻きつけた。全身に殺意が漲っていた。

「申し訳ない。どうしても三十代男性の心臓、肺、肝臓が必要だったんだよ。あなたの弟は、まず助からなかった。どうせ生きられないならと思って、臓器を移植に回させてもらったんだ」

「その言い種は何だっ。きさまは臓器欲しさにマニラ在住の日本人をたくさん殺したんだぞ」

「わたしが殺したわけじゃない。ロガス院長がタクシーの運転手たちに金をやって、適当な人間を撥ねさせたんだ」

「弟の臓器に目をつけたのは、なぜなんだ？」

「あなたの弟さんは先々月、別の大病院で人間ドックに入ったんだ。そのときの診断カルテから、移植を待ってる患者と適合性の高い臓器があると……」

「マニラ在住の日本人の健康データを金で買い集めて、次々に臓器狩りをしてたんだなっ」

「気の毒なレシピエントが大勢いるんだよ」

「ふざけるな！　きさまを撃ち殺す」

「待ってくれ。わたしに落ち度があったことは認める。心臓停止を待たずにロガスに臓器を摘出させたことは悪かったよ。それなりの賠償金を払う。それで手を打ってくれないか」

「弟の遺体は、どこにあるんだ？」

「ロガスがどこか山の中に埋めたはずだ。悪かったよ。謝る」

水谷が正坐し、頭を下げた。深町が激昂し、引き金を絞りそうになった。

城所は手で制し、水谷に言った。

「身勝手で狡猾な性格は、少しも改まってないな」

「………」

「国内の闇移植で味をしめて、マニラに進出したわけか」

「そうじゃない。闇手術は国内でやったほうが何かと都合がいいんだが、発覚する恐れがあったんで、ホセ・フェルナンド病院を買い取ったんだ」

「そういうことだったのか」

「できるだけの補償はするよ。それから、すべてのことに目をつぶってくれたら、十億、いや、二十億円出そう」

「もう金じゃ片がつかない。服を着るんだっ」

「きみとは昔からの知り合いじゃないか。頼む、仲間たちを説得してくれ。おれは何としてでも、父親を超えたかったんだ。しかし、医者としては、とても太刀打ちできない。それで、金銭面で父よりもビッグになりたかったんだよ。偉大な父親を持った男の気持ちをどうかわかってくれないか」

水谷が城所の脚に縋った。見苦しかった。怒りが膨らむ。

「甘ったれるな」

城所は水谷の鳩尾を蹴り込んだ。

水谷が前屈みに転がった。そのとき、奥から全裸のフィリピン人女性を連れた志村が戻ってきた。

女の肌はクッキーブラウンだったが、彫りの深い顔立ちだった。先祖の中に、スペイン人が混じっているのだろう。肉感的な肢体で、繁みが濃い。

「マリア・ラファエルです」

「ずいぶん手間取ったな」

城所は志村に言った。

「すみません。おれ、まだ若いもんだから、泡風呂に入ってた彼女を見たら、つい……」

「むらむらしたわけか」

「ええ、まあ。マリア、ほとんど拒まなかったんですよ」

「その女をきみに譲ってやろう」

水谷が上体を起こしながら、志村に声をかけた。

「味見させてもらったから、もう結構だ」

「それなら、金をやろう。いくら欲しい？」

「恥を知れよ、恥を！」

志村が目を吊り上げ、水谷の喉笛を蹴った。裸のマリアが水谷に駆け寄り、タガログ語で何か話しかけた。

すると、水谷が愛人を乱暴に突き飛ばした。マリアは両手を腰に当て、タガログ語交じりの英語で喚き散らした。

「女に乱暴するなんて、最低よ。あんたとは、もう別れる！」

「好きにしろ」

「ちょっとリッチだからって、いい気になるんじゃないわよ」

「消えろ！　おまえの顔なんか見たくないっ」

水谷が怒鳴り返すと、マリアは寝室に走り入った。

「彼女も眠らせてくれ」

城所は小声で言い、注射器と麻酔薬溶液入りの容器の収まった小箱を志村に渡した。すぐに志村は、奥のベッドルームに向かった。

「服を着るんだっ」

城所は声を尖らせた。

水谷が立ち上がって、ウォークイン・クローゼットに足を向けた。深町が水谷を追った。

少し待つと、寝室から志村が出てきた。

「マリアを眠らせました。彼女に何か保険を掛けとかないと、おれたちのこと、こっちの警察に喋るんじゃないですか？」

「彼女は本気で水谷に腹を立ててた。水谷がどうなっても、もう気にしないだろう」

城所は答えて、近くのソファに腰かけた。

数分後、カジュアルな服を着た水谷が姿を見せた。

城所たち三人は水谷を取り囲みながら、部屋を出た。尾形の部屋から出てきた亜弓や原と廊下で合流し、ホテルの地下駐車場に降りる。

駐車場には、深町が予め用意してくれた米国製のステーションワゴンがあった。レンタカーではない。深町の弟が生前、レジャーに使っていた車だ。シートの後ろには、空気を抜いた青いゴムボートや小型船外機が積んである。

城所たち五人のメンバーは水谷をステーションワゴンに乗せると、マニラ近郊にあるラグナ湖に向かった。全員、手袋を嵌めていた。

ハンドルを握っているのは深町だった。助手席に亜弓、後部座席には原がいる。

車はひたすら南下した。

四十分ほど走ると、巨大な湖が見えてきた。海のように広い。対岸は霞んで、おぼろだった。

「わたしをどこに連れてく気なんだ？」

中列座席の真ん中に坐った水谷が、左側の城所に問いかけてきた。

「みんなで、キャンプ場に行くんだよ」

「キャンプ場だって⁉」

「おれたち、あんたと一緒に思い出をこしらえたいのさ」

水谷の右側にいる志村がそう言い、薄く笑った。

「つまり、手を打ってくれるってことか」

「まあね」

「そうか。その言葉を聞いて安心したよ」

水谷が長く息を吐き、シートに深く凭れかかった。

車はカランバ市の目抜き通りの先で湖岸道路に入り、湖の北端を回り込んだ。あたりには商店も民家もない。

深町が車を湖岸に寄せた。葦に似た丈の長い草が群生している。人の姿はなかった。

ステーションワゴンが停まった。

志村がいきなり水谷の口の中にスポンジボールを突っ込んだ。城所はドアを開け、水谷を車から引きずり降ろした。コマンドナイフで、水谷の両方のアキレス腱を切断する。鮮血がしぶき、脹ら脛が瘤状に膨れ上がった。

水谷が草の上を転げ回りはじめた。

深町、亜弓、原の三人も車から降りた。原がステーションワゴンから、空気を抜いてあるゴムボートと小型船外機を取り出した。

亜弓がワイヤーの束を抱え、樹木の植わっている波打ち際に走っていった。

深町は木箱を草の上に置いた。中身は、彼がきのうのうちに軍関係者から横流しさせた三つの手榴弾（しゅりゅうだん）だった。

原がゴムボートを膨らませた。

志村が腰に巻きつけていた結束（けっそく）バンドで、水谷の体をぐるぐる巻きにした。城所は志村と一緒に水谷をボートに仰向（あおむ）けに寝かせた。

水谷が喉の奥で呻きながら、許しを乞（こ）うような眼差しを向けてきた。

城所は冷笑したきりだった。

原と志村が二人がかりで、太いロープで水谷をボートごと縛りつけた。六重巻きだった。志村が白い樹脂（じゅし）製の結束バンドの下にL字形の金具を三つ潜（くぐ）らせた。胸、腹、腿の三カ所だった。

「さあ、船出だ」

城所は言った。

志村と原がゴムボートを引っ張りはじめた。水辺まで下（くだ）ると、二人は水谷を乗せたボートを横に引いていった。樹木と波打ち際（ぎわ）の間に亜弓が立っている。

「行きましょう」

深町が小型船外機を持ち上げた。

城所はコマンドナイフの血糊（ちのり）を草の葉で拭（ぬぐ）い、革鞘に収めた。手榴弾の入った木箱を抱え上げ、深町とともにゴムボートを追った。

志村と原がボートの舳先を湖水に浸した。水谷は頭を湖心に向ける形になった。

深町がゴムボートの船尾に小型船外機を取り付けた。まだスクリューは上げたままだ。

城所は手榴弾のレバーを一杯に絞ってから、三カ所のL字形金具に結束バンドで括りつけた。少し緩みをとった。

水谷が子供のように泣きながら、全身でもがいた。

だが、縛めは緩まない。わずかにボートが揺れただけだった。

深町が三本の針金を手榴弾のピンリングに結びつけた。ワイヤーの反対側を志村、原、亜弓の三人が、それぞれ樹木の幹に三重巻きにした。

波打ち際と三本の樹木の中間に、三つのワイヤーの束があった。

城所はボートを浅瀬まで押した。深町がスクリューを湖水の中に沈め、舵を真ん中の木の位置に合わせた。原、志村、亜弓の三人が船尾を押さえる。

城所はエンジンを始動させ、スロットルを全開にした。スクリューが水の中で勢いよく回りはじめた。

城所はスロットルが動かないよう、小石を噛ませた。ゴムボートから少し離れた。

「水谷、地獄で泣け！」

深町が叫んだ。

志村たち三人が一斉にボートから手を離した。

ゴムボートが突っ走りはじめた。城所たち五人は三本の樹木の背後まで退がった。

ワイヤーの束が徐々に少なくなり、やがて張り詰めた。

次の瞬間、三つの手榴弾が相次いで爆ぜた。橙色を帯びた赤い閃光とともに、ミンチ状の肉片が飛散した。

千切れたゴムボートの欠片は花びらのように舞った。

「どこかで祝杯をあげよう」

城所は四人の仲間に言って、ステーションワゴンに向かって駆けはじめた。

南国の夕陽は血よりも赤かった。

エピローグ

新たな録音音声が流れはじめた。

山室の声が収録されている。すでに鴨下の告白音声は恵美に聴かせてあった。城所は煙草に火を点けた。

小野寺邸の応接間である。恵美と二人だけだった。あいにく彼女の母親は外出していた。

マニラから帰国して三日目の夕方だった。

水谷を爆死させた翌日、城所たち五人は特殊メイクで顔を変えてホセ・フェルナンド病院に乗り込み、深町の弟の内臓を抉り取ったロガス院長を植物状態にした。全身麻酔をかけた後、わざと呼吸回路の酸素濃度を低くしたのである。

人間は正常の体温で酸素の供給が三、四分停止したら、脳神経を冒されてしまう。もはや大脳皮質は働かなくなる。

むろん、ロガスに全身麻酔をかける前に深町の弟の遺体を埋めた場所を吐かせた。そこは、ケソン市の郊外の林の中だった。

さらに城所は、マニラ在住の日本人を故意に車で撥ねたグループのメンバーの名も喋らせた。

その日のうちに城所たちは、四人の実行犯を焼き殺した。人気のない場所でガソリンを全身に浴びせ、火を放ったのだ。その後、深町の弟の遺体を掘り起こして日本に搬送する手続きを済ませた。

翌朝、城所たち五人は帰国した。

あくる日、『日東生命』の陣内と『太陽信販』の門脇に約束を実行させた。次の日は『あかつき会』の飯塚を脅し、『あかつき養生会病院』の廃院を約束させた。

入院中の患者たちは、良心的な病院に移させることになった。過剰治療による不当利益は、すべて患者たちに返却するという誓約書も認めさせた。

その上、城所は十億円の迷惑料を飯塚に要求した。さすがに飯塚は渋った。城所は、メスで飯塚の片方の耳を削ぎ落とした。

飯塚は呻きながら、大型耐火金庫から無記名の割引債の束を取り出した。城所たちは十億円分の割引債を持ち帰った。

城所は短くなった煙草の火を消した。

山室が怯えた声で、水谷に弱みを握られたことを喋っている。恵美は卓上のＩＣレコーダーを見据え、下唇を噛みしめていた。

やがて、音声が熄んだ。

「陰謀のアウトラインはわかりましたよね？」

城所は先に口を開いた。

「ええ。父を殺させた水谷公敬はフィリピンの警察にいるんですね？」

「残念ですが、奴には逃げられてしまいました」

「それじゃ、水谷はフィリピンのどこかに隠れてるの？」

恵美が訊いた。

「もう奴は、この世にいないと思います」

「逃げきれないと思って、水谷は自分で命を絶ったんでしょうか？」

「そんなことをする男じゃありません。おそらくマニラで何かトラブルを起こして、犯罪組織に始末されたんでしょう」

城所は言い繕って、現地の新聞の切り抜きを上着のポケットから取り出した。ラグナ湖上で爆死した男性がいることを伝える記事だった。

「死んだ男の身許はわかっていないと書かれてますけど」

「マニラで水谷が中国系の男たちに追われてるって情報を摑んだんですよ」

「そうなんですか」

「わざと患者を殺して臓器を抉(えぐ)り取らせてたような男だから、水谷はマニラでも悪さをしてたんでしょう。で、マニラ在住の華僑(かきょう)の大物にでも命を狙(ねら)われてたんだと思います」

「確かにゴムボートごと爆発物で殺すという手口は、マフィアの仕業(しわざ)っぽいわ」

「ええ、そうですね。そのうち、死んだ男の身許がわかるでしょう。水谷が投宿してたマニラホテルから姿を消したことはフィリピンの警察も、いずれ知るはずですのでね。それに爆破現場から、被害者が身につけてた時計や歯の欠片(かけら)なんかも、きっと発見されるでしょう」

「水谷という男を日本の刑務所で死ぬまで償(つぐな)わせたかったわ」

「わたしも同じ気持ちです」

「水谷も赦(ゆる)せないけど、山室さんも赦せないわ」

恵美が憤(いきどお)ろしげに言った。

「山室は、小野寺さんに目をかけられてたからな。いくら水谷に弱みを握られたからって、奴の言いなりになるなんて、あいつは人間として失格です」

「そういえば、彼はどうしたんですか？」

「わたしは山室を警察に連れて行くつもりでしたが、奴に自分なりの償いをさせてくれないかと頼まれて……」

「逃がしてやったんですか⁉」

「ええ。山室が死で罪を償う気でいると直感したものですから。もう奴は山の奥かどこかで自死してるでしょう」

「逃がしてほしくなかったわ」

「申し訳ありません。同期の山室に生き恥を晒(さら)させるのは忍びない気がしたので」

「この二つの録音音声、しばらく貸していただけないでしょうか」

「高輪署の捜査本部に届けるおつもりなんですね？」

「そうです」

「音声データを貸すのは構いませんが、捜査陣は面子(メンツ)を潰(つぶ)されたことになると思います。だから、録音データは東京地検の検事に渡したほうがいいんではないでしょうか。刑事部所属の検事を知っていますので、その方をご紹介しましょう」

城所は亜弓の顔を思い描きながら、努(つと)めて平静な表情で言った。

「ぜひお願いします」

「一両日中に、その検事に引き合わせますよ。それはそうと、だいぶ前に先生から預かったものがあったことを思い出したんです」

「何でしょう？」

恵美がそう言い、城所の足許に置いてある段ボール箱に目をやった。

箱の中には一億円分の無記名の割引債が詰まっていた。『あかつき会』から脅し取った割引債だ。

自分の取り分の半分だった。事件の全容を語れない負い目を何らかの形で償いたかったのだ。小野寺の死を利用する形で巨額を得たことにも、後ろめたさを覚えていた。

「中身が何なのか、小野寺先生は教えてくれなかったんです。重さから察すると、本のようですね」

城所は段ボール箱をコーヒーテーブルの上に載せた。恵美が封を切って、蓋を開けた。

「あら、何かの証券みたいだわ」

「それは割引債ですね」

「父は、なぜ城所さんに割引債なんかを預けたのでしょう?」

「良心的なドクターだった先生は、こっそり利殖に励んでた自分を心のどこかで恥じてたのかもしれませんね。だから、自宅に保管しておくことには抵抗があったのでしょう。しかし、家族に少しまとまったものを遺してやりたいという気持ちは捨てられなくて、せっせと割引債を購入してたんじゃないんですかね」

「そうなんでしょうか。でも、なんで銀行の貸金庫を利用しなかったのかしら?」

「貸金庫の鍵を自宅に隠しておくことにも、なんとなく抵抗があったんじゃないでしょうか。さて、そろそろ失礼します。音声データは検事に渡すまで預かっててください」

城所は腰を浮かせた。

恵美に見送られて表に出る。ＢＭＷは門の前の路上に駐めてあった。

車のドア・ロックを解いたとき、視界の端に走る人影が映った。

城所は小さく首を捻った。逃げ足の速い探偵の成毛が、黒いクラウンの助手席に乗り込む姿が見えた。

ステアリングを握っているのは、水谷の用心棒を務めていた尾形だった。飯塚に十億円分の割引債を取り戻してくれと頼まれたにちがいない。

いつまでも尾行されるのは、うっとうしい。城所はそう思いながら、車を走らせはじめた。

案の定、クラウンは追尾してきた。

城所は碑文谷の住宅街を抜け、環七通りに出た。大森方面に走り、羽田空港のＢ滑走路の近くにある京浜島に入った。

いつしか夕闇が濃くなっていた。

クラウンは追走してくる。城所は工場倉庫の連なる小さな人工島を走り回り、尾形の車を運河のある方に誘い込んだ。

運河の向こうは城南島だ。やはり、工場や倉庫ビルが多い。

不意にリアバンパーが鳴った。銃弾が掠めた音だ。城所はミラーを仰いだ。尾形が片手でステアリングを捌きながら、消音器付きの自動拳銃を窓の外に突き出していた。

城所は岸壁の少し手前でＢＭＷをスピンさせた。

ライトをハイビームに切り替え、走ってきた道を逆走しはじめる。黒いクラウンは、五、六十メートル先にいた。

城所はスピードを落とさなかった。

尾形が一瞬、減速した。しかし、すぐにアクセルペダルを踏んだ。

道は、それほど広くない。二台の車が辛うじて擦れ違える幅しかなかった。

こうなったら、度胸較べだ。

城所は猛然と前進した。

下手をしたら、正面衝突することになる。さすがに緊張感が高まった。しかし、ぎりぎりまでクラウンを躱す気はなかった。チキンレースだ。

衝突寸前に、尾形がハンドルを切った。

クラウンは消火栓に激突し、横転した。そのまま滑走して、逆さまになった。火花が散り、男たちの悲鳴が長く尾を曳いた。ルーフは潰れ、タイヤが空転している。

尾形も成毛も車内に閉じ込められたままだった。運がよければ、まだ助かるだろう。

だが、すぐに爆発音がした。

クラウンは瞬く間に炎に包まれた。尾形と成毛の絶叫が重なった。

運の悪い連中だ。城所は倉庫の間を走り抜け、広い道に出た。車は疎(まば)らだった。

城所は一気に加速した。誰かにナンバーを読まれた気配はうかがえなかった。

著者注・この作品はフィクションであり、登場する人物および団体名は、実在するものといっさい関係ありません。

（本書は、平成九年七月、小社ノン・ノベルから『毒針』として新書判で、一三年『罠針』と改題して文庫判で刊行した作品を、大きな文字に組み直し、さらに加筆、修正した「新装版」です）

罠針　新装版

一〇〇字書評

切り取り線

購買動機（新聞、雑誌名を記入するか、あるいは○をつけてください）

- □（　　　　　　　　　　　　）の広告を見て
- □（　　　　　　　　　　　　）の書評を見て
- □ 知人のすすめで　　　□ タイトルに惹かれて
- □ カバーが良かったから　　　□ 内容が面白そうだから
- □ 好きな作家だから　　　□ 好きな分野の本だから

・最近、最も感銘を受けた作品名をお書き下さい

・あなたのお好きな作家名をお書き下さい

・その他、ご要望がありましたらお書き下さい

住所	〒				
氏名		職業		年齢	
Eメール	※携帯には配信できません		新刊情報等のメール配信を 希望する・しない		

この本の感想を、編集部までお寄せいただけたらありがたく存じます。今後の企画の参考にさせていただきます。Eメールでも結構です。

いただいた「一〇〇字書評」は、新聞・雑誌等に紹介させていただくことがあります。その場合はお礼として特製図書カードを差し上げます。

前ページの原稿用紙に書評をお書きの上、切り取り、左記までお送り下さい。宛先の住所は不要です。

なお、ご記入いただいたお名前、ご住所等は、書評紹介の事前了解、謝礼のお届けのためだけに利用し、そのほかの目的のために利用することはありません。

〒一〇一-八七〇一
祥伝社文庫編集長　清水寿明
電話　〇三（三二六五）二〇八〇

祥伝社ホームページの「ブックレビュー」からも、書き込めます。
www.shodensha.co.jp/bookreview

祥伝社文庫

罠針(わなばり) 新装版

令和 7 年 3 月 20 日　初版第 1 刷発行

著　者　南(みなみ)　英男(ひでお)
発行者　辻　浩明
発行所　祥伝社(しょうでんしゃ)
東京都千代田区神田神保町 3-3
〒 101-8701
電話　03（3265）2081（販売）
電話　03（3265）2080（編集）
電話　03（3265）3622（製作）
www.shodensha.co.jp

印刷所　萩原印刷
製本所　ナショナル製本
カバーフォーマットデザイン　芥 陽子

Printed in Japan ©2025, Hideo Minami ISBN978-4-396-35112-0 C0193

祥伝社文庫の好評既刊

南 英男　刑事稼業　弔い捜査

組対の矢吹が、捜査一課の加門の目の前で射殺された。加門は事件の真相究明のため、更なる捜査に突き進む。

南 英男　殺し屋刑事

悪徳刑事・百面鬼竜一の〝一夜の天使〟が拉致された！　非道な暗殺指令を出す、憎き黒幕の正体とは？

南 英男　殺し屋刑事　女刺客

歌舞伎町のヤミ銭を掠める小悪党を追う百面鬼の前に……。悪が悪を喰らいつくす、圧巻の警察アウトロー小説。

南 英男　殺し屋刑事　殺戮者

超巨額の身代金を掠め取れ！　メガバンクを狙った連続誘拐殺人犯に、強請屋と百面鬼が戦いを挑んだ！

南 英男　悪党　警視庁組対部分室

(暴)内に秘密裏に作られた、殺しの捜査のスペシャル相棒チーム登場！　力丸と尾崎に、極秘指令が下される。

南 英男　シャッフル

カレー屋店主、OL、元刑事、企業舎弟社員が大金を巡る運命の選択を迫られた！　緊迫のクライム・ノベル。

祥伝社文庫の好評既刊

南 英男

闇処刑 警視庁組対部分室

腐敗した政治家や官僚の爆殺が続く。そんななか、捜査一課を出し抜く、無法刑事コンビが摑んだ驚きの真実！

南 英男

疑惑接点

フリージャーナリストの死体が見つかった。事件記者の彼が追っていた幾つもの凶悪事件を繋ぐ奇妙な接点とは？

南 英男

特務捜査

男気溢れる〝一匹狼〟の刑事が迷宮入り直前の凶悪事件に挑む。目撃者のない、テレビ局記者殺しの真相は？

南 英男

新宿署特別強行犯係

警視庁と四谷署の刑事が次々と殺害された。新宿署に秘密裏に設置された強行犯係『潜行捜査隊』に出動指令が！

南 英男

邪悪領域 新宿署特別強行犯係

裏社会に精通した情報屋が惨殺された。耳と唇を切られた死体は、何を語るのか？ 強行犯係が事件の闇を炙り出す。

南 英男

冷酷犯 新宿署特別強行犯係

テレビ局の報道記者が偽装心中で殺された。背後にはロシアンマフィアの影が！ 刈谷たち強行犯係にも危機迫る。

祥伝社文庫の好評既刊

南 英男 遊撃警視

「凶悪犯罪の捜査に携わりたい」準キャリアの警視加納は、総監直接の指令の下、単独の潜行捜査に挑む！

南 英男 甘い毒 遊撃警視

殺害された美人弁護士が調べていた、金持ち老人の連続不審死。やがて、老人に群がる蠱惑的美女が浮かび……。

南 英男 暴露 遊撃警視

美人TV局員の失踪で浮かび上がる炎上ポルノ、暴力、ドラッグ……行方不明と殺しは連鎖化するのか？

南 英男 異常犯 強請屋稼業

悪党め！ 全員、地獄送りだ！ 一匹狼の探偵が怒りとともに立ち上がる！ 甘く鮮烈でハードな犯罪サスペンス！

南 英男 奈落 強請屋稼業

違法カジノと四十数社の談合疑惑。悪逆非道な奴らからむしり取れ！ 一匹狼の探偵が大金の臭いを嗅ぎつけた！

南 英男 挑発 強請屋稼業

一匹狼の探偵が食らいつくエステ業界の華やかな闇――美しき女社長は甘くて怖い毒を持つ⁉